«PANDORA»

Della stessa autrice

*Anna dagli occhi verdi*
*Il barone*
*Saulina (Il vento del passato)*
*Come stelle cadenti*
*Disperatamente Giulia*
*Donna d'onore*
*E infine una pioggia di diamanti*
*Lo splendore della vita*
*Il cigno nero*
*Come vento selvaggio*
*Il corsaro e la rosa*
*Caterina a modo suo*
*Lezione di tango*
*Vaniglia e cioccolato*
*Vicolo della Duchesca*
*6 aprile '96*
*Qualcosa di buono*
*Rosso corallo*
*Rosso corallo*
*(Edizione illustrata)*
*Singolare femminile*
*Il gioco delle verità*
*Mister Gregory*
*Un amore di marito*
*Léonie*
*Giulia per sempre*
*(Disperatamente Giulia,*
*Lo splendore della vita)*
*Il diavolo e la rossumata*
*Palazzo Sogliano*
*Il bacio di Giuda*
*La moglie magica*
*La vigna di Angelica*
*Dieci e lode*
*Festa di famiglia*
*Un battito d'ali*
*Suite 405*
*Segreti e ipocrisie*

Tutti i libri di Sveva Casati Modignani sono disponibili anche in versione ebook, a eccezione di *Rosso Corallo* (Edizione illustrata) e *Giulia per sempre*.

SVEVA CASATI MODIGNANI

# SEGRETI E IPOCRISIE

Sperling & Kupfer

I fatti narrati sono immaginari. Ogni riferimento a fatti e luoghi reali o a persone realmente esistenti o esistite è puramente casuale.

Pubblicato per

Sperling & Kupfer

da Mondadori Libri S.p.A.

SEGRETI E IPOCRISIE

ISBN 978-88-200-6747-2

I Edizione settembre 2019

Anno 2019-2020-2021 - Edizione 1 2 3 4 5 6 7 8 9 10

*All'amico Beppe Baroffio che,*
*dopo tanti anni di oculata gestione della Sperling,*
*ora si è dato alla bella vita.*

# *Oggi*

# 1

Alle nove del mattino di venerdì, 21 dicembre, l'avvocato Carlotta Biffi uscì dall'ascensore direttamente nell'atrio dello studio legale Crespi-De Gasperi-Valli, al sesto piano di un palazzo moderno in via Montenapoleone. La accolse il brusio ovattato delle voci che provenivano dai vari uffici e lo scalpiccio discreto dei passi di chi saliva o scendeva la scala interna che collegava i due piani dell'importante studio milanese in cui lavoravano avvocati con varie specializzazioni, consulenti, praticanti, stagisti, impiegati.

«Buongiorno avvocatessa», la salutò l'addetta al ricevimento con uno sguardo di ammirazione, perché Carlotta era bella, elegante e molto gentile, dote non comune tra le persone di successo.

L'avvocato Biffi ricambiò il saluto e si avviò verso il

suo ufficio, mentre Giulia, la sua segretaria, avvertita dalla collega del ricevimento, le andava incontro. Le due si scambiarono un sorriso e Carlotta le consegnò guanti, sciarpa, cappotto.

Entrò nella sua stanza e rivolse a Giulia uno sguardo incuriosito, perché sulla scrivania, in un vaso di cristallo, campeggiava un enorme fascio di ortensie, degno della scenografia di un film di Luchino Visconti.

«I fiori sono stati consegnati mezz'ora fa insieme a questa busta», spiegò la segretaria porgendogliela, e uscì dall'ufficio.

Carlotta l'aprì ed estrasse un biglietto su cui erano scritte, con una grafia nervosa che conosceva bene, poche parole: «Anch'io ti amo. Gianni».

Era Gianni Corbetti, l'uomo che negli ultimi anni era stato il suo amante. Due settimane prima, in un momento di debolezza, Carlotta gli aveva sussurrato: «Io ti amo». Il giorno dopo, con una brevissima telefonata, lui le aveva annunciato che la loro storia finiva lì.

Carlotta era giovanissima quando il suo primo fidanzato l'aveva abbandonata per sposare una ragazza molto ricca e lei si era macerata nel dolore. Da allora aveva giurato a se stessa che non si sarebbe mai più innamorata. Aveva collezionato uomini che lasciava nel momento in cui cominciavano a parlare di amore. Era il suo modo per curare una ferita mai sanata.

Quando aveva ceduto al corteggiamento di Gianni, un famoso chirurgo plastico che lei aveva assistito come cliente, non poteva prevedere che dopo due anni di frequentazione assidua si sarebbe innamorata di lui, affascinante cinquantenne sposato con la principale azionista della clinica in cui operava. Quando l'aveva abbandonata, Carlotta aveva riversato il suo dolore sulle amiche del cuore: Gloria, Andreina e Maria Sole, che l'avevano ascoltata e confortata. Ora, davanti a quel fascio di ortensie, sussurrò: «Che cosa vuole da me?»

Giulia, che stava entrando nella stanza con la tazzina del caffè appena fatto, domandò: «Con chi ce l'hai?»

«Con me stessa», replicò, convinta che i fiori e il messaggio fossero un tentativo per rimettersi con lei.

Comunque, aveva davanti a sé una giornata di lavoro intenso e non voleva perdersi in congetture sterili, così domandò: «Giulia, ti piacciono queste bellissime ortensie?»

«Molto, e piacciono anche a mia suocera», rispose.

«Allora prendile e farai un figurone regalandogliele.»

«Sicura?» replicò Giulia, esitante.

«Sulla scrivania mi danno fastidio», spiegò con fare

sbrigativo e soggiunse: «Il primo appuntamento della giornata con chi è?»

«Ti ha cercata l'avvocato Venosta.»

Era un collega dello studio legale, esperto in cause aziendali.

In quell'istante, sentirono bussare alla porta, che si schiuse e Angelo Venosta fece capolino: «Disturbo?» domandò.

«Sempre», replicò Carlotta, con tono scherzoso, mentre l'uomo entrava e si sedeva di fronte a lei.

«Ho bisogno di te», esordì.

«Spara», disse Carlotta con un sospiro di rassegnazione.

Giulia uscì dall'ufficio lasciandoli soli.

«Nella mia stanza ho lasciato una giovane amica in lacrime. È la solita squallida storia del marito che si è fatto l'amante. Ora, a parte il fatto che non sono un matrimonialista, il problema è che io sono amico di lei e del marito, dei genitori di lei e di lui e voglio starne fuori», spiegò e proseguì: «Lei è una Solbiati, il marito è un De Dominici».

Erano due nomi importanti dell'imprenditoria italiana, uno legato a un importante gruppo farmaceutico, l'altro a un impero dell'edilizia.

«Vai avanti», lo sollecitò Carlotta.

«Conosco Silvia Solbiati da quando era bambina. Era compagna di scuola di mia figlia e bazzicava spesso per casa. Lui, Fabio De Dominici, era un bambino quando venne rapito da una cosca calabrese per un gioco di gare d'appalti.»

«Ricordo il caso», osservò Carlotta.

«Fu liberato, ma poi è stato in cura per diversi anni da psichiatri e psicologi. Comunque, era stato Crespi, con tutto il nostro staff, a condurre le trattative per il rilascio. Capisci che adesso abbiamo un problema antipatico e dobbiamo risolverlo nel migliore dei modi. Non possiamo inimicarci i De Dominici e neppure i Solbiati. Per cui mi affido alla tua astuzia per dirottare Silvia altrove.»

«Angelo, adesso capisci perché non sono contenta quando entri nel mio ufficio chiedendomi se mi disturbi?» reagì Carlotta.

«Però, ogni volta mi aiuti», precisò l'uomo, offrendole un largo sorriso. Si alzò e soggiunse: «Ti accompagno da lei e vi lascio sole, perché mi ha cercato il Vecchio».

Il Vecchio era il soprannome del professor Gianandrea Crespi, fondatore e presidente dello studio legale, che, avendo compiuto ottantacinque anni, si preparava a lasciare la sua carica a uno degli altri due soci fondatori.

«Spero tanto che ti affidi un compito rognoso come quello che mi hai rifilato», sibilò Carlotta, preparandosi a seguirlo.

«Sei la donna più bella e più perfida che io abbia mai incontrato», scherzò il collega.

«Lo so, ma in questo momento è il solo augurio che mi sento di rivolgerti», replicò lei, con tono ironico.

Non gli disse che gli era grata per aver distolto i suoi pensieri da Gianni Corbetti.

# 2

Poco dopo si ritrovò seduta alla scrivania di Angelo di fronte a una giovane donna, dallo sguardo sfuggente, che stringeva nervosamente fra le mani un fazzolettino di carta.

Carlotta la scrutò con attenzione per alcuni istanti. Non era una bellezza, anzi, aveva un viso disarmonico. Volto quadrato, naso a becco di rapace, labbra sottili, mento prominente, occhi piccoli. Indossava un tailleur pantalone di flanella blu e, all'anulare, portava un anello con uno zaffiro dalla luce vellutata. Ricambiò lo sguardo pensoso dell'avvocato Biffi con aria di sfida.

Carlotta le sorrise ed esordì: «Siamo tra donne e possiamo parlarci a cuore aperto. Lei sta soffrendo e non va bene. Quante lacrime, nel corso dei secoli, abbiamo versato per colpa degli uomini? Da riempire fiumi e oceani».

Le aveva parlato con voce soave e Silvia Solbiati prese a lacrimare, balbettando: «Può ben dirlo!» Si asciugò gli occhi, poi sibilò: «Sono molto offesa e voglio far pentire mio marito per avermi tradita».

«Non lo ama più?» indagò Carlotta con dolcezza.

«Non ci siamo mai amati. Il nostro è stato un matrimonio tra due capitali economici. L'amore non c'entra. C'entra, invece, un bracciale che lui ha regalato a Luisa, pur sapendo che piaceva a me».

«Non capisco», osservò Carlotta perplessa, e domandò: «Stiamo parlando di un tradimento di suo marito o di un bracciale?»

Silvia Solbiati le rivolse uno sguardo di compassione e precisò: «Il bracciale fa parte del tradimento, è ovvio».

«Forse è meglio che mi racconti tutto dall'inizio», concluse l'avvocato, con infinita pazienza.

«Dieci giorni fa ero in via Manzoni con mio marito. Passiamo davanti a *Premoli*, il gioielliere. Nella vetrina noto un bracciale bellissimo e mi fermo ad ammirarlo. Lui mi domanda se è un pezzo interessante e io gli rispondo che è fantastico. Lui annuisce e passiamo oltre. In quel momento so che quello sarà il suo regalo di Natale per me.

«Il giorno seguente passo di nuovo davanti a *Premoli* e il bracciale non è più esposto in vetrina. Allora ho la certezza che Fabio lo ha acquistato. Infatti, frugando a casa nei suoi cassetti, trovo il pacchettino del gioielliere. Esulto.

«Due sere dopo, mio marito è in viaggio per lavoro e io sono a cena dai Varzi. Tra gli ospiti c'è anche quella puttana di Luisa Belgrado, che ostenta il bracciale di Premoli. Sono furibonda, ma faccio finta di niente e, quando mio marito ritorna a casa, tutto allegro e baldanzoso, freno la mia rabbia e sorrido.

«Mi annuncia che deve andare a Londra e tornerà per la cena della Vigilia. Chiede al domestico di rifargli il trolley e va a dormire.

«Io frugo nel suo bagaglio e trovo due biglietti aerei: uno è a nome di Luisa Belgrado.

«Allora concludo che è innamorato. Amore, avvocatessa, perché un uomo giovane non farebbe follie per una cinquantenne, decisamente brutta e odiosa. A questo punto voglio sbugiardarlo e spennarlo vivo, con un divorzio per colpa.»

Carlotta l'aveva ascoltata senza battere ciglio, profondamente turbata da queste rivelazioni che, in parte, la riguardavano. Infatti Luisa Belgrado era la moglie di Gianni Corbetti, il suo ex amante, che quella mattina le aveva mandato il fascio di ortensie.

Non lasciò trasparire le sue emozioni e si limitò a replicare: «È sicura di volere il divorzio?» e aggiunse: «Vorrei che mi dicesse qualcosa di più su questa Luisa Belgrado».

«I Belgrado sono una potenza. Posseggono cliniche private in Lombardia e in altre regioni.»

«Queste sono cose che si sanno», osservò Carlotta, spronandola a rivelazioni più intime.

«Luisa prende tutto ciò che le piace o le può tornare utile. Ora le torna utile un De Dominici perché i Belgrado hanno in mente di estendere il loro impero e stanno progettando una specie di villaggio di lusso della sanità per pazienti esclusivi. Un business di miliardi. La notizia è segretissima e io ho una voglia matta di rompergli le uova nel paniere. Mio marito serve molto a Luisa e Fabio, evidentemente, si è innamorato del suo spirito imprenditoriale, tanto da non vederla per quella che è. Ovviamente le dico queste cose perché so che è tenuta al segreto professionale.»

«Signora Solbiati, è davvero sicura di voler divorziare da suo marito?»

«Non mi sarei rivolta al vostro studio, il più serio della città, se così non fosse.»

«Molto bene. Allora devo chiederle se è altrettanto sicura che suo marito non possa disporre di prove d'infedeltà a suo carico.»

«Ma questo che c'entra? L'infame è lui!» si ribellò Silvia Solbiati.

«Dal momento che lei vuole spremerlo come un limone, deve aspettarsi una sua contromossa.»

«Qualcosa c'è, ma... insomma, Fabio non può sapere. Ne sono certa», replicò la donna, decisa.

Carlotta la fissava impassibile, facendola sentire a disagio. Dopo un lungo silenzio, Silvia sussurrò: «Lui è il guardiacaccia della nostra tenuta in Brianza. Lo so che può sembrare una storia alla Lady Chatterley, ma noi ci amiamo fin da quando eravamo ragazzi. Con lui ho perso la verginità a quattordici anni. Lui ne aveva sedici. Quella storia non è ancora finita, ed è gelosamente custodita da lui e da me. Non ne sanno niente nemmeno i miei genitori. Dunque, Fabio non può sapere».

«Ma se incaricasse qualcuno di indagare?» le domandò Carlotta.

«Ne sarebbe capace. Questo lo so perfettamente.»

«Se scoprisse la sua relazione...»

«Un divorzio per colpa sarebbe fuori discussione», realizzò la donna.

Poiché Carlotta taceva, lei proseguì rivolgendole uno sguardo beffardo: «Dovevo immaginare che questo studio legale non si sarebbe fatto carico di una causa di divorzio tra una Solbiati e un De Dominici. Ma soprattutto ha ragione lei: io non voglio divorziare. Probabilmente avevo bisogno di un confronto per chiarirmi le idee e lei, avvocatessa Biffi, lo ha fatto molto bene. Mi faccia avere la parcella per la consulenza».

Carlotta la accompagnò fuori dall'ufficio. Le offrì un sorriso di solidarietà, mentre le sussurrava: «Si regali un bel gioiello mettendolo sul conto di suo marito».

«Mi sembra un'idea consolatoria, grazie», disse Silvia Solbiati entrando nell'ascensore che l'avvocatessa aveva chiamato. Carlotta era certa, invece, che sarebbe andata nella tenuta di famiglia, in Brianza, a farsi consolare dal suo guardiacaccia.

Emise un sospiro a mezza via tra il sollievo, per aver risolto un problema scottante, e l'inquietudine per l'inattesa dichiarazione d'amore di Gianni Corbetti.

A sera, quando varcò il portone del palazzo in piazzetta Duse, dove abitava, aveva in mente un bagno rilassante e una ciotola di frutta fresca da centellinare davanti alla tivù in compagnia dei suoi pensieri.

Uscì dall'ascensore all'ultimo piano e rimase paralizzata dalla sorpresa. Accovacciato sullo zerbino, la schiena appoggiata alla porta del suo appartamento, il bavero del cappotto rialzato per difendersi dal freddo, c'era Gianni Corbetti con una bottiglia di bollicine Rive di Bottega e due bicchieri di cristallo tra le mani. E le sorrideva.

# 3

GLORIA aveva cercato più volte Carlotta sul cellulare, che risultava spento, e aveva pensato che la sua amica fosse impegnata con il lavoro. Si erano viste la sera prima con Maria Sole e Andreina, per la solita cena nella saletta Ottocento del ristorante di Pia Mantovani, e si erano accordate per rivedersi dopo le feste, ma lei aveva dimenticato di chiederle un chiarimento su un cavillo legale per il contratto di un evento che avrebbe organizzato dopo l'Epifania. Non era riuscita a parlarle ma sapeva che, quando Carlotta avesse visto le sue chiamate, si sarebbe fatta sentire.

Così, quella sera, nella villetta di via della Sila, dove viveva con Sergio, decise di scrivere gli auguri sui cartoncini da allegare ai sacchetti con i doni per i dipendenti della sua agenzia.

Sergio, sprofondato in poltrona, era immerso nella lettura di un saggio di Robert Fossier sul Medioevo, un periodo storico che lo affascinava da sempre.

Gloria si accovacciò sul tappeto, davanti al caminetto acceso, attorniata da sacchetti e pacchettini, e iniziò l'opera certosina di scrivere e legare i cartoncini a ognuno di essi. La pendola, in anticamera, batté nove rintocchi. Di là dalle porte-finestre che si affacciavano sul giardino, si intravedeva l'abete punteggiato da centinaia di luci natalizie che ammiccavano al cielo buio della sera.

Sergio chiuse il libro e propose: «Ci spariamo un bel filmetto?»

«Devo ancora finire i pacchettini», obiettò lei.

«Dopo il film ti aiuterò io», promise lui e scelse, tra i dvd della cineteca, una melensa commediola americana sullo spirito del Natale, ritenendo di farle piacere.

«Nooo!» protestò lei e pescò un vecchio filmato in bianco e nero: *Natale in casa Cupiello*.

«De Filippo per tutta la vita», approvò Sergio, con un sorriso.

Mentre sedevano abbracciati sul divano, senza perdersi una parola di quel grande talento del teatro napoletano, squillò il cellulare di Gloria.

«Questa è Carlotta», disse lei, mentre Sergio metteva in pausa il film.

Invece era sua madre.

«Possiamo sentirci domattina?» le domandò.

«Sono all'ospedale Monzino con tuo padre», la informò.

Gloria rivolse a Sergio uno sguardo allarmato mentre replicava: «Che cos'è successo?»

«Papà si è sentito male mentre eravamo al cinema. Hanno chiamato subito un'ambulanza e ci hanno portati qui con un codice rosso. Adesso lo stanno visitando. Ho paura, Gloria», balbettò sua madre, spaventata.

«Hai avvertito Ernesto?» domandò alludendo al fratello che abitava in via Mecenate, a pochi passi dal famoso centro cardiologico.

«Non risponde né a casa né sul cellulare.»

«Arrivo subito e, per favore, non agitarti», le raccomandò la figlia.

Sergio, che aveva afferrato al volo il significato di quella telefonata, si era già messo il giaccone e stava cercando le chiavi dell'auto.

«Mi dici qualcosa di più?» le domandò.

«Papà si è sentito male mentre era al cinema con la mamma. Adesso lo stanno visitando, al Monzino», spiegò.

«Vedrai che non è niente di grave e questa sera riportiamo a casa il professore», la rassicurò Sergio.

Il padre di Gloria era stato insegnante di matematica alle scuole medie di via Sacchini. Sua moglie Carmen, una semplice commessa di merceria, lo aveva soprannominato con orgoglio «il professore» e da allora in famiglia tutti lo chiamavano così.

Quando entrarono nella sala d'attesa del pronto soccorso, Carmen andò incontro a sua figlia e a Sergio lamentandosi perché nessuno le dava notizie del marito.

La povera donna era smarrita. Gloria l'abbracciò rincuorandola come poteva. Si tennero strette l'una all'altra, in un abbraccio silenzioso, accomunate dall'ansia per la sorte dell'uomo che amavano.

Nella sala c'erano molte persone e, quando si apriva la porta e compariva un medico o un infermiere, li guardavano ansiosi sperando di ricevere notizie dei loro cari.

Il silenzio di Carmen Tagliaferri durò poco. Infatti, forse per dominare l'ansia dell'attesa, cercava un diversivo criticando la latitanza del figlio Ernesto.

«Mamma, smettila. Ernesto ha una famiglia e i suoi impegni. Non poteva certo sapere che papà si sarebbe sentito male», disse Gloria.

«Tu difendilo sempre. Tanto, sei felice solo quando puoi contraddirmi», replicò la donna con aria aggressiva.

Gloria le suggerì con determinazione: «Mamma, per

favore, vai fuori a fumarti una sigaretta e lasciami in pace».

«È meglio se vi calmate tutte e due», intervenne Sergio, dolcemente.

Carmen non commentò e si avviò con passo nervoso verso l'uscita.

In quel momento Gloria e Sergio vennero avvicinati da un giovane medico dall'aspetto rassicurante che spiegò: «Abbiamo fatto una serie di esami e dobbiamo ospedalizzare il paziente, perché ha un problema serio alla valvola aortica che si è molto ristretta e ostacola l'uscita del sangue dal cuore».

«Mi sta dicendo che mio padre è in pericolo di vita?» domandò Gloria spaventata.

«Per ora lo escludo. Domattina faremo indagini più approfondite e sarà il professor Bartorelli a valutare la situazione. Aspettate qui, perché tra poco verrà un'infermiera che vi guiderà in reparto a salutarlo», rispose. Poi lesse lo smarrimento sul volto di Gloria, allora le sorrise e proseguì: «Stia tranquilla, signora. Questa notte può dormire tra dieci guanciali. Domattina le diremo qualcosa di più».

Lei guardò quell'uomo dal volto pallido, ombreggiato da un accenno di barba scurissima, illuminato da grandi occhi celesti, lo ringraziò e gli sorrise.

Lasciò l'ospedale, con sua madre e Sergio, quand'era quasi mezzanotte, dopo aver abbracciato il padre, che sembrava sereno.

In auto, Carmen riprese a lamentarsi. «Capitano tutte a me! Che bisogno aveva tuo padre di ammalarsi proprio sotto le feste? Ed è tutta colpa sua se ha rovinato il nostro Natale, perché non si cura, non va mai dal dottore e, quando ci va, non prende le medicine che gli vengono prescritte. E poi si lamenta perché ha il fiato corto, perché ha mal di stomaco, perché quello che io cucino non gli piace.»

«Papà non si lamenta mai e tu non sai cucinare, tant'è che, un giorno sì e l'altro pure, andate al ristorante», sbottò Gloria.

«Tu non perdi occasione per darmi contro. Tale padre, tale figlia!»

«Mamma, smettila per favore. Domattina io torno da lui. Se vuoi, passo a prenderti.»

«Non disturbarti, ci vado per conto mio», brontolò Carmen.

«Pregherò perché papà guarisca in fretta, dal momento che solo lui riesce a sopportarti», si spazientì Gloria, mentre l'aiutava a scendere dalla macchina, davanti al portone di casa.

Poi, con Sergio, tornarono in via della Sila.

«Che bisogno avete, tu e tua madre, di fare scintille ogni volta che vi parlate?» le domandò il suo compagno.

«Non lo so. È sempre stato così. È il nostro modo di comunicare», rispose lei.

«E di dirvi che vi volete bene. Questo lo so, ma esistono altri modi meno stressanti, non credi?»

«In questo momento riesco solo a pensare al mio papà e spero che sia ben curato, perché non voglio perderlo.»

«Il Monzino è un centro cardiologico d'eccellenza. Stai tranquilla.»

«Amore mio, sono molto fortunata ad averti accanto, perché sai sempre come tranquillizzarmi», gli sussurrò.

«Ascolta, Gloria. Mi è venuta un'idea. Se il professore continua a essere sereno e sorridente come lo abbiamo visto questa sera, potremmo fare il Natale con lui, in ospedale. Che ne dici?» propose Sergio con entusiasmo.

«Mi piacerebbe, ma aspettiamo a fare programmi.»

«Me l'hai insegnato tu a guardare sempre il bicchiere mezzo pieno», le sorrise abbracciandola, mentre varcavano la soglia della loro casa.

In quel momento squillò il cellulare di Gloria. Era Ernesto, suo fratello, che domandò allarmato: «Si può sapere che cosa è successo a papà? Mamma mi ha fatto un discorso senza senso, coprendomi di contumelie, perché dice che, quando c'è bisogno di me, non mi trova mai».

«Vuoi sapere di papà o vuoi lamentarti di mamma?» replicò lei.

«Scusami, ma sono preoccupato. Ti ascolto.»

«Papà ha un problema cardiaco piuttosto serio, è ricoverato al Monzino. Domattina lo vedrà il primario e sarà lui a decidere che cosa fare. E adesso, scusami, ma ho bisogno di andare a dormire, perché abbiamo avuto una serata difficile», concluse, rendendosi conto che le sole persone con cui riusciva a intendersi erano le sue amiche del cuore, oltre a Sergio, naturalmente.

# 4

QUELLA sera Andreina rincasò tardi, perché ai grandi magazzini Tulip, dove lavorava da otto anni come dirigente, aveva partecipato all'annuale brindisi natalizio.

La Tulip avrebbe chiuso i battenti soltanto a Natale, ma per lei quello era stato l'ultimo giorno di lavoro prima delle ferie.

Era affamata e fu grata alla sua domestica che le aveva preparato la cena. Doveva solamente scaldarla.

Poi realizzò che, il mattino seguente, si sarebbe messa in viaggio per Paraggi con Maria Sole e il suo piccolino di cinque mesi, e allora decise di cenare dopo aver preparato la valigia per la partenza.

Sarebbero stati giorni di tutto riposo, di chiacchiere senza fine con Maria Sole e di addestramento per lei che si preparava a diventare mamma, mentre l'amica avrebbe cercato di rimettere insieme i pezzi della sua vita di coppia, travolta dalla rivelazione che suo marito, il padre del piccolo Michele, era omosessuale e la tradiva da tempo con un giovane di nome Pablo.

Mentre riempiva il trolley, Maria Sole le telefonò.

«Sto facendo la valigia», la informò Andreina.

«Devo sfogarmi un po', dopo quello che mi ha fatto la mamma», si giustificò l'amica. Era furibonda perché si era resa conto che sua madre aveva sempre sospettato l'orientamento sessuale di Mariano e non gliene aveva mai parlato. Andreina si rassegnò ad ascoltarla.

«La mia adorabile mammina mi ha definito una ingrata perché ho deciso di non trascorrere il Natale in famiglia. È arrivata a dirmi che, se Mariano si è buttato sull'altra sponda, è solo colpa mia, perché non ho saputo essere una moglie seduttiva. Ti rendi conto?»

Andreina sentì le vivaci lamentele del piccolo Michele e domandò: «Il cucciolo non sta ancora dormendo?»

«La peste si prepara a strillare, perché si avvicina l'ora della poppata serale e lui è sempre affamato.»

«Come lo capisco! Anche il mio stomaco reclama perché non mangio da mezzogiorno», le fece notare, tanto più che le recriminazioni di Maria Sole sulla madre stavano diventando ripetitive.

«Scusami, Andreina. Io sono la solita egoista che scarica le sue tensioni sulle amiche, senza considerare le loro esigenze. E dire che ce la sto mettendo tutta per imparare a crescere.»

«Da domani staremo insieme per tanti giorni e avremo tutto il tempo per liberarci dalle tensioni», la rincuorò, evitando di farla partecipe della propria angoscia che riguardava Bill, il padre della creatura che cresceva nel suo grembo.

Quando sedette a tavola, mangiò distrattamente il pesce al forno, la mente rivolta all'uomo che amava disperatamente e non sapeva della sua gravidanza.

Andreina gliela aveva taciuta, perché lui era sposato, aveva due figlie e lei non voleva che, per colpa sua, sfasciasse la famiglia a cui era molto legato.

Alle dieci di sera si infilò nel letto e, come sempre prima di spegnere la lampada, aprì il tablet per scorrere la posta arrivata nelle ultime ore.

C'era una mail di Marco Montagner, lo chef stellato con cui era stata fidanzata qualche anno prima e che era diventato un amico soccorrevole. Scriveva: «A Paraggi, la mattina di Natale, riceverai un pranzo degno della ricorrenza, da assaporare con Maria Sole. Ti voglio bene».

Subito dopo lesse il messaggio di Bill spedito da Boston, dove lavorava e viveva con la sua famiglia. Scriveva: «Mia amatissima Andreina, qui è pomeriggio. Mia moglie e le bambine sono in chiesa per le prove del coro natalizio. Io sono a casa e, dalla finestra del mio studio, vedo la neve cadere silenziosa. Il giardino è completamente imbiancato. Nevica anche a Milano? Sono gonfio di tenerezza per le mie donne e ardo d'amore per te.

«Non riesco a smettere di pensarti, di amarti, di sentirti sulla pelle. Le due recentissime notti, trascorse con te a Milano, hanno riconfermato il bisogno che ho di te. Mi sto comportando da ipocrita con la mia famiglia e con te e non mi piace. Fino a quando riuscirò a barcamenarmi in questa situazione? Devo assolutamente fare una scelta, pur sapendo che sarà comunque dolorosa. Chi se lo immaginava che dal nostro incontro, assolutamente casuale, sarebbe nato un amore così coinvolgente da farmi dimenticare di avere una moglie alla quale ero stato sempre fedele? So che, come fai sempre, non mi risponderai. Va bene così, mia amata Andreina».

«Bello scherzo ci ha giocato tuo nonno pescatore», sussurrò lei a fior di labbra, pensando al loro primo incontro a Margate, una cittadina sul mare nel Sud dell'Inghilterra. Bill era volato fin lì da Boston per rispettare le ultime volontà del nonno, che era nato e vissuto a Margate, prima di avventurarsi negli Stati Uniti in cerca di un futuro migliore e, che quando stava per morire, aveva chiesto al nipote di disperdere in quel mare le sue ceneri.

Con un sospiro, Andreina si rivolse al piccolo che cresceva dentro di lei e sussurrò: «Tu non saresti mai stato concepito se, tre mesi fa, io non avessi scelto di andare a Margate in vacanza, senza immaginare che proprio lì avrei conosciuto tuo padre e ci saremmo innamorati».

Allora decise di scrivere all'uomo che amava. «Mio amato Bill, ricordi il nostro primo incontro, in cima a quella scalinata che dalla spiaggia porta al centro di Margate? Ci siamo guardati negli occhi e ci siamo baciati. Quasi impauriti da quella repentina attrazione reciproca, tu ti affrettasti a dire: 'Sono felicemente sposato'. E io replicai: 'Sono felicemente single'. Abbiamo fatto l'amore, illudendoci che stavamo vivendo solamente una bellissima avventura e, quando la parentesi inglese si fosse conclusa, il flusso delle nostre vite avrebbe ripreso il corso consueto. Ci siamo salutati all'aeroporto di Londra, dove io ho preso il volo per Milano e tu quello per Boston. Avevamo deciso che la nostra storia d'amore finiva lì, anche se ci saremmo rivisti, di tanto in tanto, perché lavoriamo entrambi per la stessa compagnia, la Tulip.

«Tu però hai incominciato a inviarmi messaggi appassionati che io leggevo soffrendo, ma ai quali non rispondevo.

«Solo una volta ho ceduto e ti ho scritto che mi mancavi. Sei arrivato immediatamente a Milano ed è stato come se non ci fossimo mai lasciati. Abbiamo di nuovo vissuto due giorni in paradiso e poi un nuovo distacco e tante lacrime.

«Per favore, amore mio, continua a essere la brava persona che sei, come marito e come padre, e lascia che io viva la mia vita da single. Per un po' soffriremo, ma, con il trascorrere del tempo, ritroveremo il nostro equilibrio. Quello che c'è stato tra noi non finirà mai e sarà bello ricordarlo, sia per te sia per me.»

Andreina chiuse il tablet e si alzò dal letto. Sostò davanti alla fotografia di Viviana, sua madre, e disse: «Credi che abbia dimenticato la tua raccomandazione di non fare come te, di non generare un figlio senza avere un marito? Ho sempre sentito la mancanza di un padre, ma sono cresciuta serenamente volendoti tanto bene. Sarà la stessa cosa anche per mio figlio. Di mio padre tu sapevi solamente che era un bel ragazzo svedese che, dopo un'estate di passione, è svanito nel nulla e non ha mai saputo di avere una figlia. Un giorno, forse, mio figlio conoscerà suo padre. Il mio, io non lo conoscerò mai».

Andò in cucina e si preparò una tisana. Si sentì più serena perché sapeva di aver preso la decisione giusta. Era sicura che, quando ne avesse parlato con le sue amiche, l'avrebbero approvata.

# 5

Dopo gli ultimi accordi con Andreina, per la partenza del giorno successivo, Maria Sole prese in braccio il suo bambino che protestava con vigore. Gli offrì il seno e gli sussurrò con dolcezza: «Adesso guardiamo un po' di televisione mentre ti do da mangiare».

Lui prese a succhiare avidamente, sgambettando felice. Intanto lei seguiva il telegiornale, che riferiva di feroci liti parlamentari, ormai consuete, e dell'immancabile dramma di violenza su una donna. «Quel disgraziato che ha ridotto la sua compagna in fin di vita è stato un bambino come te. Come te è stato nutrito da una donna, la sua mamma, che lo amava. Poi, crescendo, ha incontrato un'altra donna che lo ha amato, mentre lui, giorno dopo giorno, la picchiava selvaggiamente. Tu non sarai mai così vile con una donna, vero? Sarai dolce come il tuo papà e imparerai a confrontarti con le donne con il rispetto che meritano, ne sono sicura», disse al suo bambino.

In quel momento suonò il campanello di casa e Maria Sole andò ad aprire. Era Mariano che teneva tra le braccia un orso di peluche.

«Posso entrare?» le domandò.

«Perché me lo chiedi?»

«L'ultima volta mi hai detto di non farmi più vedere.»

«Si dicono tante cose nei momenti di rabbia. Dai, entra», gli sorrise, spostandosi di lato per lasciargli libero il passaggio.

Michele, ormai sazio, guardava felice il viso familiare del padre.

«Come state?» le domandò ancora il marito e soggiunse: «Sei sempre arrabbiata con me?»

«Levati il piumino, lavati le mani e dopo metti il piccolo sul fasciatoio. È da cambiare per la notte.»

Mariano si era preso cura tante volte di Michele e accettò l'incarico come un segno di pace.

Dieci minuti dopo, si presentò in cucina con il figlio che dormiva tra le sue braccia.

«Gli ho messo l'orsetto sul letto, così se lo terrà accanto quando dorme», la informò.

«Come facevi tu. Hai dormito con l'orso di peluche

fino ai sei anni e a vent'anni era ancora sulla mensola dei libri nella tua camera», precisò Maria Sole.

«Fino a quando tu l'hai buttato nella spazzatura», le ricordò.

«Faceva schifo, era mezzo spelacchiato e pieno di polvere», disse lei.

«Aveva anche un occhio solo, ma era il mio orsetto. Ho sofferto per quel tuo gesto e l'ho subito come una violenza», confessò il marito.

«Me lo dici solo adesso? Mi dispiace», si scusò.

«Non fa niente», rispose lui, con un sorriso limpido e mite.

Maria Sole scrutò quel ragazzone di ventotto anni, che amava da sempre. Era seduto di fronte a lei e teneva tra le braccia suo figlio che dormiva tranquillo. Lo ricordò quando era bambino. Già allora aveva quel sorriso dolce ed era il suo scudiero, pronto a servirla, il suo paladino, pronto a battersi per lei, il suo confidente, pronto ad ascoltare i suoi piccoli segreti e a custodirli. La faceva sentire sicura. Quando Filippo, suo fratello, morì e lei cadde in uno stato di apatia allarmante, Mariano l'aiutò a risollevarsi dalla disperazione. La imboccava per costringerla a mangiare, faceva i compiti di scuola con lei per costringerla a studiare, la trascinava al cinema per costringerla a svagarsi, le leggeva racconti e romanzi la sera, fino a quando si addormentava. Insomma, le offriva quello che i suoi genitori, chiusi nel dolore, non potevano e non sapevano darle.

Lei non si era mai resa conto delle sue inquietudini di adolescente diverso dagli altri. E quando erano diventati adulti, non si era mai accorta che lui ignorava le ragazze, anche quelle più belle di lei, mentre di sottecchi ammirava alcuni dei loro amici, i più belli, e arrossiva quando uno di questi gli sorrideva.

Mariano negava a se stesso la sua inclinazione per i maschi e non osava dare un nome al suo disagio profondo.

«Sei una brava persona», gli sussurrò ora. E proseguì: «Io ti voglio bene. Invece sono molto arrabbiata con tua madre e con la mia, perché loro sapevano e hanno fatto di tutto per costringere te e me a sposarci. Io stessa, se fossi stata meno scema, avrei dovuto capire che non avevi nessuna attrattiva per me, dal punto di vista sessuale».

«È andata così, Maria Sole, e non possiamo farci niente», sussurrò lui.

«Secondo te, nostro figlio sarà come te, oppure...» domandò esitante.

«Tranquilla, non sarà assolutamente come me, ma se anche lo fosse, ti garantisco che non soffrirà come ho sofferto io», affermò con convinzione. Poi guardò il figlio con tenerezza e soggiunse: «Lo metto nel lettino?»

«Nel nostro, Mariano. Adesso lui dorme con me».

«Non lo vizi un po' troppo?»

«Sto viziando me stessa, in questo periodo.»

Il marito andò verso la camera da letto e lei scaldò del latte con il cacao.

Ne preparò due tazze e ne offrì una a lui, quando ritornò in cucina. Sedettero al tavolo, uno di fronte all'altra, e lui le domandò: «Tu come stai?»

«Un po' per aria, come puoi immaginare. E i miei non mi rendono la vita facile... È il primo Natale che non passeremo insieme. Per quest'anno va così. Tu farai il Natale con...?» Lasciò in sospeso il nome del suo compagno.

«Con Pablo. Sì, festeggeremo insieme. Nel frattempo, sto cercando casa, perché non voglio vivere con lui. Non ancora. E tu che cosa farai a Natale?»

«Non te l'hanno detto? Vado nella mia villa di Paraggi. E non sarò sola. Andreina verrà con me e le insegnerò ad accudire nostro figlio, perché a maggio avrà un bambino anche lei.»

«Andreina? Un figlio?» domandò sorpreso.

«Proprio così. Ma non ha un marito e neppure un fidanzato. Noi amiche saremo la sua famiglia e siamo felici di esserlo», spiegò e aggiunse: «E tu sei felice con Pablo? Voglio dire, com'è far l'amore con uno del tuo stesso sesso?»

«Per me è la fine del mondo, è come morire e poi rinascere, è perdere la nozione del tempo e dello spazio, è il piacere più totale. Mentre tu, per colpa mia, non hai mai conosciuto il piacere di fare sesso.»

«Nemmeno tu, fino a quando non hai incontrato Pablo. Dici che troverò anch'io qualcuno che mi sappia amare?»

«Dico che devi darti una mossa e avere la tua fetta di paradiso.»

«Sai, da qualche tempo, pensando a te e a Pablo, mi chiedo: chi dei due... dico di te e di lui... Insomma Mariano, chi è la donna?»

Lui bevve un lungo sorso dalla tazza e disse: «Mi è mancato il tuo latte e cacao».

«Allora, tra voi due, chi è la donna?» insistette Maria Sole.

«Per favore, non farmi domande simili! Insomma... non c'è un ruolo così definito... Io, a volte, mi sento molto donna. E adesso basta così», concluse il marito.

«Scusami se ti ho messo in imbarazzo. Le tanto decantate gioie del sesso, di qualunque tipo siano, io non le conosco e qualche curiosità ce l'ho.»

«Aspetta di incontrare un vero uomo. Ne hai il diritto.»

«Prima ho bisogno di smaltire il fallimento del nostro rapporto. Non è facile, Mariano», sospirò lei.

«Non è stato facile neppure per me, ma ce la farai», le sorrise, dandole una carezza sul viso.

Mariano andò via e lei sentì il bisogno di confrontarsi con Carlotta, che era la più grande e la più autorevole del loro gruppetto di amiche. Così la chiamò.

# 6

Per alcuni istanti Carlotta stette immobile sul pianerottolo da cui si accedeva al suo appartamento. L'affascinante chirurgo plastico si alzò dallo zerbino su cui si era accovacciato e le sorrise.

«Ho una gran voglia di prenderti a schiaffi», sibilò lei.

«Mi prendo a schiaffi ogni giorno, da quando ti ho lasciata», confessò lui. E proseguì: «Sono qui da un paio d'ore a fare penitenza. Lo spumante non è più freddo al punto giusto, mentre io sono ghiacciato».

«Sai quanto me ne importa? Stamattina le ortensie, adesso tu, con una nuova strategia di avvicinamento. Vai via, per favore», gli ingiunse, mentre apriva la porta di casa.

«Se ti dico che con mia moglie è tutto finito, mi credi?» insistette lui.

A lei sfuggì un sorriso ironico, ricordando le parole di Silvia Solbiati, la giovane cliente sgradevole che, proprio quella mattina, le aveva rivelato che Luisa Belgrado, la moglie di Gianni, era a Londra con Fabio De Dominici.

Poi vide il bel volto del chirurgo segnato dalla stanchezza ed ebbe un moto di pena per lui.

«Sono stanca e provata molto più di te. Ho bisogno di riposo e di un po' di silenzio», sospirò, mentre accendeva le luci dell'ingresso di casa.

«Carlotta, per favore, fammi entrare. Non ti rubo più di pochi minuti.»

Lei si fece di lato per consentirgli di varcare la soglia e chiuse la porta.

L'uomo posò i bicchieri e la bottiglia su una consolle e poi si abbandonò esausto su una specie di trono disegnato negli anni Venti da Charles Mackintosh e rifatto da Cassina negli anni Settanta. Era un prezioso oggetto di design non molto confortevole, ma di grande impatto visivo.

Chinò la testa, portandosi le mani al viso, e sussurrò: «Mi sono spaventato, Carlotta. Quando mi hai detto di essere innamorata di me, è stato come se, davanti a me, si spalancasse un precipizio, perché in quel momento ho capito di amarti anch'io e questo sentimento così coinvolgente era un'emozione nuova per me che ho avuto tante donne, compresa mia moglie, senza mai essermi innamorato di nessuna. Ho avuto paura e ho reagito nel modo peggiore. Ho scoperto l'amore con te, a cinquant'anni. Ed è bello amare, pensare alla tua donna quando lei non c'è e aspettare con trepidazione di rivederla perché in quel momento la vita si illumina».

«Togliti il cappotto», gli disse, piano, Carlotta.

Gianni non si fece ripetere l'invito.

Lei si liberò del piumino e lo lanciò sulla preziosa Charles Mackintosh, lasciata libera da Gianni, si tolse le scarpe e, a piedi nudi, andò a rincantucciarsi sulla sua poltrona nel salotto.

Aveva bisogno di ritrovare se stessa, ma la presenza del suo ex amante non l'aiutava. Avrebbe voluto essere felice, ma non lo era. Non poteva esserlo, perché, dopo giorni di sofferenza, aveva ormai chiuso il capitolo della sua vita con Gianni e ne aveva iniziato uno nuovo, senza di lui. Aveva programmato un Natale con la sua famiglia che, per tanti anni, aveva ristretto in un piccolo spazio della sua esistenza frenetica. Voleva trascorrere le feste a Monza, con sua madre, sua sorella, il cognato e i loro figli. Aveva deciso di andare a trovare suo padre, che da anni si era fatto una nuova famiglia, e voleva ricucire il rapporto con lui. Ma, più di tutto, era stanchissima e voleva dormire. Si addormentò.

Quando aprì gli occhi erano le due del mattino di sabato. Perché mi sono addormentata in salotto? Si chiese. Un istante dopo ricordò tutto.

Si alzò in piedi di scatto. Nel vestibolo dell'appartamento le luci erano ancora accese. Sulla consolle c'erano ancora i due bicchieri di cristallo e la bottiglia del prosecco Rive di Bottega.

«E lui dov'è?» sussurrò a fior di labbra.

Andò in bagno. Non c'era traccia del suo passaggio. Neppure in camera, dove il letto era intatto. Pensò che se ne fosse andato. Meglio così, si disse. Allora entrò nella stanza guardaroba a spogliarsi. Poi andò in bagno a lavarsi e si preparò per la notte. Aveva saltato la cena, ma non aveva fame. Stava tornando verso la camera da letto quando notò che, dalla porta socchiusa della stanza degli ospiti, filtrava una lama di luce fioca. La aprì e lì c'era Gianni che dormiva profondamente.

Si era spogliato della giacca, aveva allentato la cravatta e si era disteso sul letto sopra la coperta di cretonne, senza nemmeno togliere le scarpe.

Si chinò su di lui e udì il suo respiro profondo. Gli sfiorò una mano e sentì che era fredda. Lo coprì con un plaid di pile, spense la piccola lampada sul comodino e uscì silenziosamente, chiudendo la porta.

E adesso che cosa faccio? Si domandò.

Il sonno era passato e lo stomaco cominciò a protestare.

Andò in cucina e prelevò dal frigorifero una confezione di macedonia di frutta fresca. La divorò in quattro cucchiaiate. La fame non si era placata. Mangiò una fetta di panettone e le sembrò di stare meglio. Allora andò a letto.

Prima di spegnere la luce, fece scorrere l'elenco delle chiamate sul suo cellulare. Ce n'erano parecchie. Gloria l'aveva cercata due volte e lei si augurò che non avesse qualche nuovo problema con Sergio. I due si erano scontrati qualche giorno prima per un'inezia ma, fortunatamente, si erano subito riappacificati. C'era una chiamata di suo cognato e lì andò sul sicuro, perché lui la cercava sempre quando aveva problemi con i clienti. Poi vide una chiamata di Maria Sole, seguita da un messaggio: «Volevo parlare un po' con te dopo la visita improvvisa di Mariano». Maria Sole era l'amica più giovane e sprovveduta, così le scrisse: «Sono sveglia, se lo sei anche tu, chiamami».

Un attimo dopo parlò con lei. Seppe della visita a sorpresa di Mariano, di quello che si erano detti e Maria

Sole concluse: «Io gli voglio ancora bene. Dici che sbaglio?»

«Siete sempre stati amici e gli vorrai bene per sempre», ragionò lei.

«Però mi dà molto fastidio che lui con il suo Pablo sia felice, mentre io non ho nessuno e non ho mai avuto una vita sessuale decente», protestò l'amica.

«Non preoccuparti, un giorno anche tu vivrai un'esperienza felice con un uomo.»

«Ho bisogno di sentirmi dire queste cose da te, perché io ti credo. E ti invidio, perché sei molto sicura di te», disse Maria Sole.

«In questo momento lo sono molto meno di quanto tu creda, perché Gianni è qui in casa mia e io non so che fare», le rivelò.

«Dimmi che non è vero. Dimmi che non sei caduta di nuovo nella trappola del bastardo. Dimmelo, ti prego», insistette l'amica.

Carlotta finì per raccontarle ogni cosa.

«E adesso che cosa farai?» domandò Maria Sole.

«Me lo chiedo anch'io e non ho una risposta», sospirò Carlotta.

«Tu credi davvero che lui ti ami?»

«Temo di sì. La domanda è: adesso che cosa devo fare?»

«Avvocatessa, la prego, non faccia la pulzella smarrita», scherzò l'amica e proseguì: «La risposta te la sei già data quando lo hai fatto entrare in casa».

«Oddio, ho generato un mostro che non potrò più governare. Complimenti! La bella addormentata si sta svegliando. Si salvi chi può», replicò divertita.

«Cerca di dormire. Io sto ninnando la piccola peste che si è svegliata in cerca di coccole.»

Carlotta spense il cellulare, convinta che si sarebbe rigirata nel letto senza riuscire a riprendere sonno. Invece si addormentò subito.

# 7

CARLOTTA affiorò dalle profondità del sonno con un senso di benessere. Accese la lampada sul tavolino accanto al letto e lesse l'ora sulla *pendulette* di Cartier che le aveva regalato sua madre. Erano le nove del mattino.

Ma quanto ho dormito! Si disse. Il pensiero corse a Gianni e, in quel momento, vide schiudersi la porta della camera. Subito dopo fece capolino il viso rugoso di Kiky, il domestico filippino che lavorava per lei da alcuni anni.

«Che c'è?» gli domandò contrariata.

«Ero solo preoccupato per lei, signora. Di là c'è il dottore», spiegò. E soggiunse: «Cosa faccio? Rimango o vado via?»

«Vai in tintoria a portare i miei vestiti e ci rivediamo lunedì», gli disse, mentre si alzava dal letto.

Kiky era un ometto molto discreto, fidato ed efficiente. Capiva al volo quando era di troppo e si dileguò.

Carlotta si concesse una lunga doccia calda, si avvolse in un accappatoio e lasciò la zona notte.

In cucina trovò Gianni che armeggiava con tazzine, piattini e caffettiera nel tentativo di preparare una colazione per due.

«Ben alzata», le sorrise lui, vedendola entrare.

Lei ricambiò il sorriso e sedette al tavolo. Lui le offrì una spremuta d'arancia che lei bevve con piacere.

«Grazie per avermi messo addosso una coperta, ieri sera», disse Gianni, sedendosi di fronte a lei. Spalmò del miele su una fetta di pancarré croccante e gliela tese. Poi riempì due tazzine di caffè fragrante.

Lei gli rivolse un lungo sguardo indagatore. Era riposato, sbarbato di fresco e indossava una camicia perfettamente stirata.

«Grazie anche per non aver buttato le mie cose che erano rimaste qui. Così mi sono docciato e ho potuto cambiare camicia, calzini e boxer. Tra un po' me ne vado, anche perché devo controllare come procedono i lavori nella mia nuova casa», la informò.

Lei sorseggiò lentamente il caffè osservandolo senza replicare.

Forse Gianni l'amava davvero, ma lei, lo amava ancora? Si interrogò. Era evidente che non l'aveva cercata per fare sesso, e questo era un punto a suo favore. Doveva riconoscere che lei si era commossa la sera prima, quando lui le aveva confessato le sue paure e i suoi sentimenti.

Ma ora Carlotta sapeva che la moglie lo tradiva e il De Dominici era l'ultimo di una serie di amanti, a giudicare dalle parole di quella piccola serpe di Silvia Solbiati. Si chiese se fosse stato lui a lasciare la ricca Luisa Belgrado, o lei a liquidarlo.

Così lo interrogò, senza giri di parole. «Sei stato tu ad andartene o è stata tua moglie a metterti fuori casa?»

«Luisa ha minacciato di chiudermi le porte di tutte le cliniche dei Belgrado se non avessi lasciato te. Lei, prima di me, ha capito che la nostra non era una banale storia di sesso, bensì amore. Di fronte alla sua minaccia, io ho realizzato che aspettavo quel segnale per allontanarmi da un ambiente che non sopporto più. Ho sposato Luisa, o meglio, mi sono lasciato sposare, perché ho considerato i vantaggi economici che sarebbero derivati da questa unione. Ora provo disgusto per il mio cinismo. Le mie radici affondano in un terreno migliore di quello degli affari. Se non ti avessi incontrata, non avrei mai preso coscienza dello squallore delle mie scelte. Mi sento in colpa verso i miei due figli che sono cresciuti in questa cosiddetta bella famiglia. Ho sbagliato tutto, Carlotta. Ho abbandonato la carriera universitaria per quella privata, molto più remunerativa, e perché mi sono lasciato irretire dai Belgrado.

«Però una cosa giusta l'ho fatta: mi sono innamorato di te e non volevo ammetterlo. Il giorno in cui ti ho detto addio, sono andato a vivere in albergo. Subito dopo ho rilevato uno studio medico alla Torre Velasca, l'ho risistemato a modo mio, il mio staff mi ha seguito e, con il nuovo anno, entrerà in funzione. Nel frattempo ho accettato un lavoro pro-bono in un centro per immigrati senza permesso di soggiorno e mi sono accorto di come sia gratificante curare chi soffre, senza fini di lucro. E questo è tutto», concluse Gianni.

Carlotta, che lo aveva ascoltato con attenzione, sussurrò: «Sei riuscito a sorprendermi».

«Mai quanto sono riuscito a sorprendere me stesso. Ma ancora non sai la cosa più stupefacente: sono felice. Non provavo questa sensazione da troppi anni. Da quando ho lasciato Luisa, il bel mondo mi ha dato l'ostracismo e, tuttavia, ho già una lista di prenotazioni per una serie di interventi dopo il 7 gennaio. Non so ancora come passerò il Natale. Tu che cosa farai?»

«A Monza io ho una famiglia che non voglio più trascurare. Ci sono i miei nipotini, mia sorella e suo marito e poi c'è mia madre che ha bisogno di me. Farò Natale con tutti loro.» Tacque un attimo e aggiunse: «Grazie per avermi raccontato di te».

«Avevo bisogno di dirti tutto e sono fiero di me per essere stato capace di prendere le distanze dal mondo dei grandi affari, della corruzione, dei ricatti, dove tutti vanno a letto con tutti, annoiandosi a morte. Mi ha fatto bene parlare con te. Ma adesso devo andarmene, ho molte cose da fare.»

Gianni si alzò e andò nell'ingresso seguito da Carlotta, che lo aiutò a infilarsi il cappotto.

Lei aprì la porta, lui le depose un bacio sulla fronte e se ne andò. Carlotta tornò in cucina e mise nella lavastoviglie le tazzine della colazione.

Gianni Corbetti era riuscito davvero a sorprenderla affermando che le era debitore per questo repentino cambiamento di vita. Forse l'istinto l'aveva guidata ad abbassare le difese con l'uomo giusto, finalmente.

Si vestì in fretta perché doveva andare dal parrucchiere. Subito dopo avrebbe fatto visita al Vecchio, il suo maestro e grande capo dello studio legale. Aveva già pronto un regalo da portare alla signora Wanda, la moglie del grande avvocato, che era vissuta sempre al suo fianco ed era per lui un consigliere prezioso.

Mentre la fonista asciugava e gonfiava le sue lunghe chiome bionde, Carlotta tornò a scorrere le chiamate ricevute sul cellulare e digitò quella arrivata da Gloria il giorno prima.

«Scusami se ieri non ti ho richiamata, ma ho avuto una giornata pazzesca. Spero che non fosse niente di urgente», le disse.

«Non più. Esco adesso dal Monzino dove mio padre è ricoverato da ieri sera», esordì e, sinteticamente, la aggiornò sulla situazione.

«Devono inserirgli nel cuore una valvola nuova e non vogliono aprirlo, perché sarebbe rischioso. Così passeranno attraverso l'arteria femorale a livello dell'inguine per arrivare al cuore. Anche questo non è un intervento senza rischi, perché le sue arterie sono fragili. Così siamo nelle mani di Dio», spiegò Gloria.

«E dei medici. C'è un eccellente cardiologo del Monzino tra i clienti dello studio. Parlo del professor Antonio Bartorelli», disse l'amica.

«È proprio lui che opererà mio padre.»

«Allora stai tranquilla, perché è il migliore in assoluto», garantì Carlotta.

# 8

A mezzogiorno Andreina e Maria Sole, con il piccolo Michele, arrivarono a Villa Sans-souci, a Paraggi. Le accolsero i custodi, Angelina e suo figlio Alberto, che vivevano nella casetta a due piani accanto al cancello d'ingresso del giardino che digradava fino alla villa a picco sul mare.

L'intera proprietà apparteneva a Maria Sole, che l'aveva ricevuta in eredità dalla nonna materna, Maria Vittoria.

L'auto su cui le due donne e il bambino avevano viaggiato da Milano percorse lentamente il viale a tornanti e si fermò sullo spiazzo di fronte alla casa.

Andreina, che aveva guidato fin lì senza fare soste, scese dalla macchina e aprì la portiera posteriore nel momento in cui i custodi la raggiunsero.

«Siete stanche? Avete viaggiato bene?» esordì Angelina allargando le braccia per stringere a sé Maria Sole, che le stampò sulle guance due baci sonori.

«In casa abbiamo acceso il riscaldamento due giorni fa. Adesso si sta bene», spiegò Alberto, mentre apriva il bagagliaio dell'auto stipato di valigie, pannolini, scaldabiberon e bagnetto portatile.

Il bambino, che dormiva nel trasportino, si era svegliato e ora reclamava la sua parte di attenzione.

«Datelo a me questo campione», propose Angelina, prendendolo in braccio, mentre Alberto scaricava i bagagli.

«Andate a rinfrescarvi, intanto io metto in tavola un buon pranzetto per voi. Al piccolo penso io», decise la custode, avviandosi all'interno della villa.

Al centro del vestibolo un abete sfiorava il soffitto. Ai piedi del vaso che lo conteneva c'erano gli scatoloni con gli addobbi natalizi.

Più tardi, dopo aver assaporato i testaroli con il pesto e le verdure ripiene, Andreina e Maria Sole si rilassarono nella veranda, a strapiombo sul mare, protetta dai doppi vetri per attutire il rumore delle onde che si frangevano sugli scogli.

«Si sta bene qui», affermò Andreina.

«Quand'ero bambina, questa casa e il giardino erano

il mio Eden. Fino a un certo punto, qui sono stata felice. Poi ho scoperto il tesoro e qualcosa si è incrinato», confessò Maria Sole.

«Un tesoro?» chiese stupita l'amica.

«È una storia che ho cercato di dimenticare, senza mai riuscire a rimuoverla completamente.»

«Mi hai incuriosita, raccontami», la spronò Andreina.

«Molti anni fa, prima che mio fratello e io nascessimo, la nonna ristrutturò la villa e rimodernò l'arredamento. L'architetto che seguì i lavori conservò solamente alcuni mobili di pregio che si sposavano benissimo con quelli moderni. Ne diede altri agli antiquari della zona e altri ancora li confinò in soffitta.

«Da bambina uno dei miei passatempi preferiti era proprio andare in soffitta a rovistare nei cassetti degli armadi. La nonna lo sapeva e mi lasciava fare.»

«Che cosa speravi di trovare?»

«Il tesoro, naturalmente, che per me era quello delle fiabe: uno scrigno di legno massiccio colmo di monete d'oro e di gioielli. Un giorno lo trovai davvero nel doppiofondo di un armadio antico.

«Nessun forziere e niente monete d'oro, ma un pugno di gioielli stupendi. Una spilla d'oro a forma di farfalla con pietre azzurre, rosse, blu, verdi, gialle, anelli, catenine e ciondoli bellissimi.

«Sbalordita, rimasi per qualche istante a rimirare quella meraviglia, poi misi tutto in un fazzoletto, scesi in salotto e mostrai il tesoro alla nonna.

«Dovetti tornare in soffitta con lei per mostrarle dove lo avevo trovato e lei mi disse: 'Era destino che trovassi tu questi gioielli. La mia mamma li aveva tanto cercati ma erano spariti'.

«Mi raccontò che la mia bisnonna aveva destinato quei gioielli alla sua primogenita Laura, una bambina indecifrabile, solitaria, che passava il tempo a vagare per il giardino e, alla fine della giornata, s'inerpicava sulla scogliera e protendeva le braccia verso il mare perché voleva catturare i raggi del sole prima che tramontasse.

«Una sera d'estate, Laura cadde dallo scoglio e il mare la inghiottì. Non si trovarono mai più il suo corpo né i gioielli, tanto che la mia bisnonna pensò che la bambina li avesse portati con sé in fondo al mare.

«Invece li aveva nascosti nel doppiofondo dell'armadio dove li ho trovati io.»

«Sembra una leggenda più che un fatto vero», osservò Andreina. E domandò: «Dopo che li hai trovati, che cosa è successo?»

«La nonna chiamò Paolo, il marito di Angelina, e gli ordinò di portarci in barca al largo, tenendo fra le mani il fazzoletto in cui avevo messo i gioielli. Mi disse che appartenevano alla piccola Laura e le dovevano essere restituiti. Quindi, li buttò in mare.»

«Era un po' fuori di testa la tua nonna», si lasciò sfuggire Andreina.

«Non un po', completamente. Non ha tenuto conto nemmeno di quanto quella storia potesse sconvolgere una bambina come me, che all'epoca avevo solo sette anni. Oltretutto, quel tesoro l'avevo trovato io, quindi in qualche modo mi apparteneva. Raccontai tutto a mia madre singhiozzando.

«Lei mi ordinò di smettere di piangere perché quei gioielli probabilmente erano falsi. Anche mia madre, come vedi, non ha nessuna nozione di psicologia. Come mia suocera, peraltro, la sua cara amica Cristina. Il disastro del mio matrimonio è stato prodotto da queste due menti eccelse. Senza parlare dei guai che la mia mamma ha causato a mio fratello», tagliò corto Maria Sole.

«Tu hai un fratello? Ti conosco da sei anni e non l'ho mai saputo», disse Andreina, sorpresa.

«Adesso non posso raccontarti perché è in arrivo la belva», rispose Maria Sole, poiché Angelina si era profilata sulla soglia della veranda con il piccolo Michele tra le braccia.

«Il campione vuole mangiare», disse allegramente la

donna. «Ha dormito sul mio letto fino a dieci minuti fa. Poi ha cominciato a frignare. L'ho lavato, cambiato, ma il latte non glielo posso dare», soggiunse, ridendo.

Maria Sole si sbottonò il golfino e accostò il bambino al seno.

«Grazie, Angelina. Noi due siamo state bene senza la mia piccola peste.»

«Ho visto che hai portato il tiralatte, per cui, se di giorno volete andare a spasso, a lui bado io, come badavo a te, quand'eri piccola e, qualche volta, mi veniva voglia di buttarti in mare per quanto eri fastidiosa con i tuoi strilli. Di notte, però, te la vedi tu con Michele perché io ho bisogno di dormire», precisò.

# 9

«Sei sicura che questo brutto tempo non gli faccia male?» domandò Andreina all'amica.

Era domenica mattina, piovigginava e c'era vento, Maria Sole aveva infilato il figlio nel marsupio e, con Andreina, camminavano di buon passo sul lungomare.

«Di' piuttosto che preferivi startene in casa al calduccio. Il bambino si deve temprare e lo iodio del mare gli fa solo bene. Impara per quando avrai il tuo cucciolo da accudire», la ammonì.

«Ti faccio notare che questa notte mi sono alzata io a dargli il biberon di camomilla e a cambiarlo, mentre tu dormivi», osservò Andreina.

«Ma io non dormivo. L'ho sentito mentre preparava le corde vocali per il suo concerto di strilli e, quando stavo per alzarmi, tu eri già nella mia camera a occuparti di lui», disse Maria Sole.

«Quando l'ho preso in braccio, ha scoperto il ciondolo che porto al collo e ha cominciato a giocare con quello, cercando di metterselo in bocca. Io tentavo di dargli il succhiotto, lui lo sputava e agguantava la mia orchidea, con uno sguardo determinato», spiegò sorridendo. La piccola orchidea in oro rosa, smalto e diamanti era il dono prezioso di Bill, il suo amore.

«I bambini amano i colori e le cose che luccicano», spiegò l'amica.

«Tra pochi mesi sarà mio figlio a giocare con il ciondolo di suo padre», commentò tristemente Andreina.

«Povera amica mia! Tu lo ami, lui ti ama, e non saprà mai che hai un figlio da lui.»

«La storia si ripete: tale madre, tale figlia. Chissà che cosa direbbe la mia mamma se fosse ancora viva.»

«Ti aiuterebbe a crescere tuo figlio e sarebbe felice», la rincuorò Maria Sole. E soggiunse: «A proposito, Bill ha più risposto alla tua mail di commiato?»

«Con il disegno di un cuore, dentro cui ha scritto 'Forever'», sussurrò lei.

«Torniamo a casa. Oggi dobbiamo addobbare l'albero», disse Maria Sole, senza altri commenti, non sapendo come confortare l'amica.

Angelina, che era sulla soglia della villa, le vide arrivare e gli andò incontro.

«Tutto bene, ragazze? Andiamo dentro, vi ho preparato un tè bello caldo. E il bimbo?» domandò.

«A lui basta che io lo infili nel marsupio e cammini. Allora sta buono», rispose Maria Sole.

«Adesso dallo a me. Alberto è in casa a controllare le collane di luci da appendere all'albero, nel caso ci sia qualche lampadina fulminata», la informò.

Alberto aveva già posizionato una scala accanto all'abete ed era seduto per terra a dipanare il groviglio di fili delle ghirlande luminose.

Angelina si dileguò verso la cucina con il piccolo, Andreina salì al piano superiore, dicendo che sarebbe tornata da lì a poco, Maria Sole si accostò ad Alberto e gli sussurrò: «Ti ho mai detto che sei un tesoro?»

«Quand'eri bambina e ti facevo un favore mi ricompensavi con una gelatina di frutta», le ricordò lui, sorridendo.

«Che tu infilavi nel vaso dei gerani, perché non ti piaceva. Ma questo l'ho scoperto dopo», gli ricordò.

«Ho finito», disse lui, alzandosi da terra.

«Tua madre ha preparato il tè, ne vuoi una tazza?» gli domandò.

«No, grazie, devo andare a Genova, perché ho alcune cose da sbrigare in ufficio», la salutò e se ne andò.

Alberto, che si era laureato in scienze della comunicazione, aveva rilevato un'agenzia di pubblicità che stava fallendo ed era riuscito a risanarla e a rilanciarla.

Maria Sole andò in cucina e trovò Michele, seduto sul seggiolone, che succhiava beato il suo latte, tenendo il biberon con entrambe le mani.

Angelina, che gli sedeva accanto e lo aiutava a sostenerlo, le disse: «Prima ha chiamato tua madre».

«Che cosa voleva?»

«Sapere se qui va tutto bene», rispose la donna.

«Non ti ha raccontato nient'altro?»

«No. L'altro giorno, dopo che mi hai avvertito che saresti arrivata qui per Natale, mi ha telefonato e mi ha detto che sei in lite con tuo marito. Ma non sono fatti miei. Ti pare?»

«Non sono affatto in lite con Mariano e sono anche affari tuoi, dal momento che mi hai vista crescere e mi sei sempre stata vicina. Mariano e io ci siamo separati perché lui è gay», spiegò.

«Allora, come avete fatto ad avere un figlio?» domandò Angelina dopo un attimo di smarrimento.

«Ho detto che è gay, non che è impotente.»

«Oh, povera bambina! E povero questo frugoletto!» sospirò la donna.

«Adesso capisci perché sono arrabbiata con mia madre? E anche con mia suocera. Loro lo sospettavano da sempre, ma hanno fatto di tutto perché noi due ci sposassimo.»

«Forse pensavano che... col matrimonio... chissà? Magari la cosa si sarebbe aggiustata...» farfugliò Angelina.

«Non c'è niente da aggiustare, perché uno nasce gay e non è colpa sua se gli piacciono gli uomini.»

«Un così bel ragazzo! Quanto ben di Dio sprecato!» commentò la donna, sconsolata.

«A chi lo dici!»

«Povera bambina mia, è un boccone amaro da digerire e tu non lo meritavi», la commiserò. Poi vide che Maria Sole stava per piangere e allora l'abbracciò, dicendole: «Quando il destino chiude una porta, il Signore spalanca un portone. Quando meno te lo aspetti, arriva la felicità».

Michele aveva terminato il suo latte. Lasciò che Angelina gli sfilasse il biberon dalle mani, chiuse gli occhi e si addormentò con il capo a ciondoloni.

«Adesso vai a fare le tue cose. Al piccolo penso io», disse la donna.

Fu un pomeriggio di quiete. Le due amiche addobbarono l'albero sotto lo sguardo incuriosito del bambino, che le osservava seduto per terra, tra i cuscini e, di tanto in tanto, protestava perché voleva giocare con le palle di vetro colorato.

Dopo la cena, quando la custode era ormai tornata a casa sua, si rifugiarono nella veranda: Andreina guardava un programma in tivù, mentre Maria Sole camminava avanti e indietro ninnando Michele per farlo addormentare.

«Certo che mi sto rendendo conto di quanto sia impegnativo il compito di madre», sospirò Andreina.

«Dal momento in cui metti al mondo il tuo bambino, lui diventa una piccola belva egoista che ti succhia la vita. Ma basta che ti sorrida, e ti senti pienamente felice, dimentichi le notti insonni, i pannolini sporchi e gli strilli che ti perforano il cervello. Preparati, Andreina, perché ti aspettano mesi in cui dovrai annullarti per lui. Ma io ti starò vicina e, comunque, devi trovare da subito una persona fidata che ti aiuti», le raccomandò Maria Sole.

«Ci stavo pensando. Prima che finiscano le feste farò un salto a Porto Cesareo. Lì c'è la domestica di mia madre. L'hai conosciuta quando sei venuta in Puglia per il funerale della mamma.»

«Me la ricordo! Adele, vero? Non è un po' anziana?»

«È una nonnina ancora molto in gamba. Da quando è mancata la mamma, non abbiamo mai smesso di sentirci al telefono e so che, se glielo chiedessi, sarebbe felice di venire da me a Milano.»

«Non dimenticare che voglio sempre aprire un nido attrezzato per i cuccioli.»

«Se vuoi farlo davvero, devi darti una mossa», osservò Andreina.

«Mi serve ancora un po' di tempo per me stessa. Ho bisogno di capire chi sono e, soprattutto, devo rispondere a una domanda che mi assilla: perché ho sposato Mariano e fino a che punto devo addossare la responsabilità alla sua e alla mia famiglia? Insomma devo fare chiarezza, Andreina.»

Quando andò a letto, quella sera, chiuse gli occhi e ripensò a quando era bambina.

# *Maria Sole*

# 1

In estate, i genitori affidavano Maria Sole e suo fratello Filippo alle cure della nonna materna, una settantenne vivace, dispensatrice di insegnamenti non comuni per due ragazzini.

Nonna Maria Vittoria aveva un'attenzione maniacale per il suo corpo e il suo aspetto.

Diceva: «Se sei bella ed elegante, tutti ti sorridono. Se sei brutta e malmessa, tutti ti evitano. Ricorda: l'abito fa il monaco. La bellezza te la regala Dio, ma devi provvedere tu a conservarla».

Era rimasta vedova quando sua figlia Ludovica aveva cinque anni. Ai parenti che le suggerivano un nuovo matrimonio, rispondeva: «Grazie, no. Ho già avuto un marito che è stato tanto saggio da andarsene prima che la vita con lui diventasse noiosa».

All'epoca, nella villa di Paraggi c'erano due domestiche, una guardarobiera, la cuoca e il giardiniere, oltre ai custodi, Angelina e suo marito Paolo Canepa con il loro figlio, Alberto, coetaneo e amico di suo fratello.

I due ragazzini erano sempre insieme e, poiché avevano cinque anni più di lei, la escludevano dai loro giochi.

«Perché?» domandava lei, mortificata.

«Perché sei femmina e poi noi siamo grandi mentre tu sei ancora piccola», le spiegava Filippo.

I «grandi» avevano quattordici anni, lei nove.

Ricordò un giorno di fine estate, in cui domandò alla mamma: «Perché Gerardo viene sempre quando non c'è papà?» Gerardo Comini era uno scrittore famoso in quegli anni e viveva a Genova.

Uno schiaffo fulmineo colpì la guancia di Maria Sole mentre la madre, con voce secca, le diceva: «Che non ti venga mai più in mentre di pronunciare una simile stupidaggine».

La bambina coprì con una mano la guancia dolorante mentre gli occhi le si riempivano di lacrime, anche perché la mamma non l'aveva mai picchiata prima di allora.

Subito Ludovica si addolcì e l'abbracciò sussurrandole: «Non ti rendi conto della sciocchezza che hai detto. Mi dispiace di averti fatto male».

Le baciò la guancia arrossata e la lasciò sola in giardino, per accogliere il Comini che parcheggiava la sua auto nel garage della villa, accanto a quella di Ludovica, arrivata poco prima da Milano.

Intanto, Filippo e Alberto raggiunsero Maria Sole.

«Dai, scimmietta, andiamo a fare il bagno», la spronò il fratello precedendola lungo la discesa.

Lei li seguì di malavoglia. Il fratello si girò a guardarla e vide la sua guancia arrossata. Allora si fermò, si chinò su di lei, esaminò il suo viso e le domandò: «Hai preso uno schiaffo?»

Maria Sole non rispose. Lui insistette: «Mi dici che cosa ti è successo?»

Lei fece spallucce e tacque.

«Allora hai proprio preso uno schiaffo!» affermò il fratello e chiese: «Chi ti ha picchiato?»

«La mamma», sussurrò lei, per non farsi sentire da Alberto.

«Perché?» si incuriosì Filippo.

«Non posso dirlo», rispose.

«Certo che devi averla combinata grossa», commentò lui.

Lei avrebbe voluto conoscere la ragione che aveva

scatenato l'ira di sua madre. Se avesse potuto parlare con il fratello, forse lui gliela avrebbe spiegata. Ma un segreto è un segreto.

Filippo le accarezzò la guancia offesa, le sorrise e disse: «Dai, sorellina, non pensarci e andiamo a fare un bagno con Alberto».

Nella caletta privata della villa, sulla lingua sottile di arenile sassoso, c'erano due ombrelloni, un tavolino pieghevole e le sedie a sdraio su cui erano appoggiati i teli di spugna.

Tutti e tre si liberarono delle magliette per entrare in acqua ma, a un centinaio di metri da loro, videro la nonna che, con bracciate lente e poderose, stava per raggiungere la spiaggia. Aspettarono che si avvicinasse e lei disse: «Attenti, bambini, perché oggi l'acqua è freddina».

Loro entrarono nel mare. Maria Sole nuotava e pensava che tra un paio di settimane si sarebbero riaperte le scuole. Lei e Filippo sarebbero tornati a Milano. Lei avrebbe ritrovato Mariano, il suo amato compagno di scuola e di giochi, il suo paladino senza macchia e senza paura che le era sempre accanto e che lei considerava come una parte di sé.

Mentre i due grandi giocavano a pallanuoto, lei si distese sul dorso lasciandosi cullare dalle onde.

Quando tornò a riva, i due ragazzi, accucciati all'ombra di una roccia, leggevano i giornalini a fumetti. Lei si sdraiò sotto l'ombrellone, avvolta nel telo di spugna, a smaltire il dispiacere per l'ira di sua madre, scatenata da un'osservazione a cui lei non attribuiva nessuna importanza.

A un certo punto, dalla sommità della scalinata, arrivò la voce di Angelina: «Filippo, Alberto, Maria Sole, venite su. Tra poco vi aspettano a tavola».

Tutti e tre ignorarono le parole di Angelina.

«Se non salite di corsa, mando Paolo a stanarvi», gridò la donna.

Paolo, il padre di Alberto, era un omone dallo sguardo severo che parlava pochissimo e, a volte, faceva soggezione perfino alla nonna, sebbene fosse la padrona.

Alberto si alzò di scatto e disse: «Io salgo». Filippo era immerso in una delle tante avventure di Tex e voleva vedere come andava a finire. Maria Sole non aveva voglia di ritrovarsi seduta di fronte alla mamma. Tuttavia dovevano obbedire.

Il fratello l'aveva presa per mano e le disse: «Dopo mangiato giochiamo a ping-pong. Ti va?» Era un tentativo per rincuorarla.

«Mica tanto. Vinci sempre tu», rispose lei.

«Magari oggi mi stendi», le sorrise con fare protettivo.

«Vorrebbe dire che mi hai lasciato vincere e non mi piace», si schermì lei.

«Guarda che non sei proprio una schiappa. Se ti ci metti, diventi brava come me», replicò.

Quando passarono davanti al garage, videro l'auto rossa di Gerardo Comini.

«Allegria! È arrivato lo stallone genovese», commentò Filippo.

Maria Sole, che sentiva per la prima volta quell'appellativo rivolto all'atletico scrittore amico di mamma, domandò: «Che cosa c'entrano i cavalli?»

«Niente, ma quello lì mi sta sullo stomaco», rispose Filippo.

«Perché?»

«Perché sì. E, comunque, non sono affari miei e nemmeno tuoi.»

«Lo stallone è un re, nella scuderia», osservò la sorellina. E martellò: «Perché Comini sarebbe uno stallone?»

«Basta così, Maria Sole. Queste sono cose da grandi. E abbassa la voce, altrimenti ci sentono», le ingiunse.

# 2

«DIMMI il passato remoto del verbo andare», la sollecitò Mariano.

«Uffa, come sei noioso. Li so i tempi dei verbi e adesso ho voglia di fare altro», protestò Maria Sole.

Erano a Milano nella camera della ragazzina, accovacciati sul parquet, ai piedi del letto, ancora stanchi dopo due ore passate in piscina a ripetere ossessivamente lo stile a farfalla sotto il pungolo del loro allenatore.

Mariano la ammonì: «Domani, quando la maestra Giovanna ti interrogherà e non saprai rispondere, che figura farai?»

«Ottima, perché io ti guarderò e tu mi darai l'imbeccata giusta», rispose lei.

In quel momento, la porta della stanza si schiuse e

la cameriera si affacciò dicendo: «Ragazzi, di là vi aspetta la merenda».

Si fiondarono in sala da pranzo.

Ludovica, la mamma di Maria Sole, stava versando nei bicchieri la spremuta d'arancia e, sul tavolo, c'era un cestino colmo di biscotti appena sfornati.

Suonò il telefono sulla credenza. La ragazzina, che non si era ancora seduta a tavola, afferrò il ricevitore e disse: «Casa Grimaldi. Chi parla?»

E un attimo dopo soggiunse: «Ciao, zia Cristina. La mamma è qui. Sì, c'è anche Mariano. Stiamo per fare merenda. Sì, te la passo subito».

Tese il ricevitore a sua madre, che si affrettò a rispondere: «Sì, ti avevo cercato prima». Poi abbassò il tono di voce e soggiunse: «Ti devo parlare. Aspetta che passo la linea nella mia stanza».

Maria Sole chiamava zia la mamma di Mariano, perché lei e Ludovica erano amiche intime da sempre. Mariano era nato nello stesso anno di Maria Sole e, da subito, le due amiche si erano dette: «Cresceranno insieme e un giorno, magari, i due si innamoreranno l'uno dell'altra e si sposeranno».

Si vedevano già consuocere e quell'idea piaceva a entrambe.

Maria Sole osservò sua madre che usciva a passi

veloci dalla sala da pranzo e commentò con il suo amichetto: «Quelle due hanno sempre da confabulare in segreto. Chissà che cosa avranno da dirsi».

Mariano, che aveva bevuto la sua spremuta, posò il bicchiere sul tavolo.

«Non sarà per il litigio con Zanardi?» domandò quasi impaurito, riferendosi a un loro compagno di classe.

Quel giorno, a scuola, Zanardi era stato severamente redarguito dall'insegnante perché durante la lezione era stato sorpreso a lanciare palline di carta sulla testa di Mariano, che gli sedeva davanti.

La maestra Giovanna gli aveva scritto una nota sul diario per i suoi genitori.

Durante l'intervallo, Mariano si era accorto che il compagno se ne stava immusonito in un angolo del cortile e lo aveva avvicinato dicendogli che gli dispiaceva per la nota.

«Levati dai piedi», gli aveva ordinato lui.

«Perché ce l'hai con me?» gli aveva chiesto Mariano, con un tono di voce accorato.

«Togliti dalle palle e vai a giocare con la tua amichetta», aveva risposto l'altro, rivolgendogli uno sguardo di disprezzo.

Senza darsi per vinto, Mariano gli aveva dato una

carezza sul braccio e, per tutta risposta, il compagno gli aveva sferrato un pugno sul petto, urlando: «Tu, femminuccia, non devi toccarmi!»

A quel punto, Mariano lo aveva colpito a sua volta in pieno petto e, piangendo, aveva replicato: «Sei un cretino e non capisci che volevo solamente aiutarti».

L'insegnante, che da lontano aveva seguito la scena, era intervenuta a separarli e poi aveva accompagnato Zanardi in direzione.

Ora, in risposta al timore di Mariano, Maria Sole ragionò: «Tu ti sei soltanto difeso. Di che cosa hai paura?»

«Non lo so. I maschi dicono che sto con te perché nessuno di loro è mio amico. Zanardi mi ha dato della femminuccia.»

«E allora? Meglio femminuccia che rozzi come loro. E tu sei il mio eroe.»

Mariano l'aveva abbracciata e aveva detto: «Ti voglio bene».

Finita la merenda, tornarono nella camera di Maria Sole e, passando davanti alla porta socchiusa della camera di mamma, la sentirono sussurrare: «L'importante è che la cosa non si risappia. Non devo spiegare a te l'importanza della nostra reputazione».

Quando entrarono nella stanza di Maria Sole, lei si buttò di peso sul letto.

«Sei stanca?» le domandò Mariano.

«Sì», rispose e soggiunse: «Vai di là perché voglio restare da sola».

Lui ubbidì senza fare domande.

Lei chiuse gli occhi e ricordò che, la sera prima, mentre cenava con la sua famiglia, la mamma aveva annunciato: «Devo andare a Paraggi, perché ho dimenticato di prendere il mio tailleur di crespo blu che vorrei indossare per la cena dai Giuntini».

«Hai l'armadio pieno di vestiti. È proprio necessario?» aveva osservato il marito.

«Sì, lo è, anche perché ho bisogno di due giorni di riposo in villa, approfittando dell'assenza di mia madre.»

Ogni anno, in ottobre, la nonna Maria Vittoria andava a Neuilly dal fratello, che viveva in una palazzina elegante di quel sobborgo parigino molto esclusivo, e portava con sé la sua cameriera.

Erano poche le signore che potevano ancora permettersi il privilegio di viaggiare con una cameriera al seguito.

«Quando parti?» le domandò suo marito.

«Domattina», rispose.

«Si dà il caso che questo fine settimana debba andare via anch'io», brontolò l'uomo.

I ragazzi, che ascoltavano in silenzio, si scambiarono uno sguardo eloquente e Filippo intervenne: «Chi bada a Maria Sole?»

«Andrà da Cristina. Quanto a te, sarai in gita scolastica», disse la madre. Poi si rivolse al marito: «E tu, domenica sera, andrai a prenderlo al pullman. Per una volta, organizzati in modo da occuparti di nostro figlio».

«Ho finito, posso andare nella mia stanza?» domandò il ragazzo.

Non aspettò la risposta, si alzò da tavola e sgusciò via.

Maria Sole tallonò il fratello e gli domandò in un sussurro: «Filippo, sei arrabbiato?»

«Sono due ipocriti e io non li sopporto più», si sfogò lui.

«Dici mamma e papà?»

«E chi, se no?»

«Perché sono ipocriti?»

«Perché lo so io e tanto basta.»

«Mi fai stare un po' nel tuo letto a guardare la tele?»

Il fratello la guardò con tenerezza. Le sorrise e disse:

«Vieni, scimmietta. Solo dieci minuti e dopo vai nella tua stanza».

Maria Sole era in preda a un disagio che non sapeva spiegare, e la vicinanza di Filippo la rasserenava.

# 3

Venne Natale e Villa Sans-souci si riempì di parenti e di amici. Quelli erano giorni frenetici soprattutto per la servitù e per la nonna, che, come sempre, ricorreva all'aiuto di alcune donne del paese. Venivano anche zia Cristina con il marito e Mariano e, da Parigi, arrivava lo zio Tommaso con Huguette, sua moglie, e i loro due cagnolini petulanti che litigavano con Dick, il pastore tedesco dei custodi.

Era il Natale di una grande famiglia agiata che, per una volta all'anno, si comportava come se tutto andasse bene e fosse come un tempo, come se il mondo non fosse ormai da anni in una crisi che stava travolgendo l'economia e cambiando lo stile di vita.

Quell'anno, Ludovica aveva detto a sua madre: «Queste feste costano un patrimonio. Ti sembra giusto sperperare così il denaro?»

«Ti chiedo forse dei soldi? No. Quello che ti spetta lo hai già avuto. Tuo marito, quanto a capitali, è ben messo. Dunque?» aveva replicato Maria Vittoria, sfidandola.

E poiché la figlia taceva, la nonna sussurrò: «Pensa piuttosto a te stessa e a quello che stai rischiando con quel Comini. Ricorda che il buon nome della famiglia è tutto».

«Quello mi preme molto, infatti cerco di ignorare il passatempo di mio marito. E sai di che cosa parlo», aveva sussurrato Ludovica.

«Lui è un uomo, è diverso. Tu, invece, sei stata educata per essere una buona madre di famiglia. Ricordalo sempre», aveva sibilato la nonna.

Le due donne, isolate nel salottino giallo al primo piano della villa, credevano di essere sole. Invece, dietro la spalliera del divano, accovacciata sul pavimento, c'era Maria Sole che si era rifugiata lì per leggere in pace un libro pescato nella biblioteca della nonna. Era un romanzo intitolato *Piccole donne* che raccontava una storia di buoni sentimenti, di altruismo, di spirito di sacrificio. Ascoltò il dialogo serrato tra la mamma e la nonna e capì due cose: che tra sua madre e lo scrittore, che Filippo aveva definito «lo stallone genovese», c'era un rapporto riprovevole e che il papà si dedicava a un passatempo che alla mamma non piaceva.

Tutto questo la mise di cattivo umore. Aspettò che le due se ne andassero e poi uscì dalla stanza.

Andò a cercare gli altri ragazzi. Li trovò nel seminterrato. Suo fratello, con due cugini più grandi, si esibiva in tuffi acrobatici, nella piscina coperta, a beneficio di Esmeralda, una stupenda diciottenne nipote di un'amica della nonna.

Mariano giocava a calcetto con un ragazzino del paese, figlio di una domestica reclutata per aiutare la servitù di casa. Mariano vide Maria Sole e il suo sguardo si illuminò.

Lei gli andò vicino e gli sussurrò: «Io mi sto annoiando».

«Non dirlo a me», sospirò lui, sospendendo il gioco.

«Ti annoi perché continui a perdere. E io mi annoio perché non c'è gusto a giocare con uno che non vince mai», replicò stizzito il ragazzino del paese.

Maria Sole e Mariano non gli badarono. Si presero per mano e uscirono all'aperto dopo essersi infilati i giubbotti di piumino.

«Scendiamo in spiaggia», decise Mariano.

Si appollaiarono sulla sommità di una roccia, tenendosi vicini e avvolgendosi le sciarpe intorno al collo perché soffiava un vento gelido. I cavalloni si frangevano sugli scogli riempiendo l'aria di una nuvola di acqua salata che bagnava i loro visi.

«È bello il mare, in inverno», disse lei.

«Però tutti ci vengono in estate. Non puoi fare il bagno, adesso», obiettò Mariano.

«Chi lo dice? Io, se voglio, lo faccio», decise Maria Sole, iniziando a spogliarsi.

«Ma sei scema? Vuoi morire?» si allarmò lui.

«Voglio solamente divertirmi», affermò lei.

In slip e maglietta, si mise a correre sulla spiaggetta per affrontare le grosse onde.

Mariano urlava: «Torna indietro». Intanto si liberava velocemente dei vestiti, per raggiungerla e fermarla. Lei si gettò in mare e l'acqua gelida quasi le bloccò il respiro. Si dibatteva tra le onde che la trascinavano lontano e si disse: Sto per annegare come la piccola Laura. Pensò ai gioielli, che lei aveva ritrovato e che la nonna aveva affidato al mare, e si disse che forse il mare glieli voleva restituire.

Stava per essere sopraffatta dalle onde, quando due braccia forti le afferrarono la testa per sostenerla fuori dall'acqua e farla respirare. Poi più nulla, fino a quando si svegliò e si ritrovò distesa accanto a Mariano nel letto di sua madre, avvolta da un tepore paradisiaco. Al loro capezzale c'erano i suoi genitori, quelli di Mariano e la nonna.

Era successo che, dalla veranda della villa, sua madre l'aveva vista correre senza i vestiti verso il mare inseguita da Mariano. Aveva lanciato l'allarme, mentre si precipitava fuori dalla villa e correva verso la caletta.

Alberto, il figlio dei custodi, era arrivato per primo sulla spiaggia e si era buttato in acqua per soccorrere i due bambini che si dibattevano fra le onde.

«Piccola mia, mi riconosci?» disse la mamma china su Maria Sole. Lei annuì.

«Lasci fare a me, signora», intervenne un uomo attempato, che aveva uno stetoscopio infilato al collo. Era il medico del paese che, di tanto in tanto, saliva in villa a prendere un tè con la nonna o a medicare le ferite dei ragazzi, quando si facevano male.

La mamma si scostò e l'uomo si chinò prima sulla ragazzina e poi su Mariano per auscultare il battito cardiaco. Misurò la pressione e controllò i riflessi.

Annuì. Andava tutto benissimo.

«Lo sai che, se sei ancora viva, lo devi a nostro Signore?» le disse con voce grave.

«E ad Alberto, che vi ha portati a riva tutti e due», intervenne Ludovica. E proseguì: «Che cosa ti è venuto in mente di fare quella follia ed esporre anche Mariano a un pericolo così grave?»

«Non lo so. So che mentre correvo verso il mare mi sentivo libera e felice.»

«Libera da che cosa? Felice di andare incontro a un annegamento?» strillò Ludovica.

«Libera dalle parole che non capisco», sussurrò lei.

«Questa è matta!» si preoccupò la donna.

«I bambini non sono matti. Noi adulti qualche volta lo siamo», bofonchiò l'anziano dottore.

Maria Sole si girò verso Mariano e gli sorrise.

«Tu lo sai che non volevo morire, vero?»

«Io so solamente che, se non fosse stato per Alberto, saremmo morti tutti e due», precisò il suo amico. Poi domandò al dottore: «Alberto come sta?»

«È in casa sua e sta bene anche lui», rispose il medico.

Mariano tentò di alzarsi: «Voglio andare a ringraziarlo».

«A cuccia tutti e due», ordinò il dottore. Poi si rivolse a Ludovica e aggiunse: «Fino a domattina, i due signorini non si muovono da questo letto. Questa sera misurategli la temperatura. Se avessero qualche linea di febbre, chiamatemi».

# 4

A quattordici anni, Maria Sole era una ragazza splendida. Alta, bionda, sempre abbronzata, sempre sorridente, non conosceva i turbamenti tipici degli adolescenti.

Frequentava la quarta ginnasio al Parini, ed era una studentessa diligente. Aveva tante amiche e amici, ma era sempre profondamente legata a Mariano.

Entrambi frequentavano lo stesso circolo del tennis dei loro genitori che, quando vedevano i loro figli così uniti, sorridevano compiaciuti.

Cristina le manifestava il suo affetto offrendole spesso piccoli doni. Lei la ringraziava con un bacio. Quando la donna vedeva il figlio e la ragazza chini sui libri, capitava che dicesse: «Non vi sembra di studiare più del necessario? Perché non andate a fare un giro, a distrarvi un po'?»

I due si guardavano negli occhi, annuivano e andavano insieme a vedere un film o, semplicemente, a passeggiare, mano nella mano, parlando senza sosta dei loro progetti per il futuro.

Qualche volta, tentando di imitare i compagni di classe più disinvolti, Mariano accarezzava il collo di Maria Sole e glielo baciava. Lei rideva felice, perché le coccole del suo eroe erano deliziose e avrebbe voluto riceverle più spesso.

Lui si ritraeva arrossendo, intimidito.

«Ti faccio tanto ridere?» le domandò un giorno.

«Scemo! Rido perché mi piace», rispose lei. E soggiunse: «Fallo ancora».

«Se ridi di nuovo, giuro che mi arrabbio», la ammonì.

«Proviamo a baciarci», propose lei.

«Quello lo facciamo fin da quando eravamo bambini», osservò lui.

«Intendo quei baci che si vedono al cinema», puntualizzò la ragazza e accostò le sue labbra a quelle di Mariano.

Lui si ritrasse, dicendo: «No, queste cose non si fanno a comando».

«D'accordo», annuì lei, dispiaciuta.

La scuola finì, venne un'altra estate e a luglio andarono a Paraggi.

Con loro c'era anche Filippo, che aveva finito il liceo e annunciato ai genitori di voler prendere un anno sabbatico. Solo dopo avrebbe scelto a quale facoltà iscriversi.

In famiglia c'erano state baruffe per questa decisione dissennata.

Maria Sole ricordò la lite che ne era seguita dopo che il padre aveva detto: «Nella nostra famiglia non c'è spazio per i fannulloni. Se non vuoi studiare, verrai nel mio studio a lavorare».

«Credi davvero che io abbia voglia di incontrare tutti i giorni la tua segretaria?» lo aveva sfidato il figlio.

Erano a tavola e, a quel punto, era sceso il silenzio.

La cameriera, che aveva servito la seconda portata, si era eclissata. Ludovica aveva trascinato fuori dalla sala la figlia, ingiungendole: «Ti accompagno nella tua stanza».

La nonna si era rifugiata nella veranda.

Si era svolto tutto nel giro di pochi attimi. In quel silenzio sospeso, dall'interno della sala da pranzo la voce del padre tuonò: «Ma come ti permetti? Credi che non sappia di Camilla Cattaneo?»

Maria Sole, che stava infilando la scala per salire al piano superiore, si bloccò. Guardò in viso sua madre e sbottò: «Voglio sapere che cosa sta succedendo».

Vide suo fratello uscire dalla sala da pranzo e correre fuori dalla villa. Lei abbandonò sua madre e lo inseguì.

Filippo entrò nel garage, si mise al volante dell'auto sportiva che i genitori gli avevano regalato per il brillante esame di maturità e partì sgommando. Maria Sole tentò di raggiungerlo, ma l'auto si era dileguata. E allora, andò a rintanarsi nella casa dei custodi. Lì trovò Alberto, che la guardò preoccupato.

«Che cosa ti succede?» le domandò.

«Niente», rispose lei, in preda all'angoscia.

«Non è vero. Stai tremando.»

«Papà e Filippo hanno litigato. C'è di mezzo una segretaria di papà. E poi c'è Camilla Cattaneo. Sai chi è?»

Lo sapeva molto bene, ma mentì: «No, non lo so. Perché me lo chiedi?»

«Non mi va di parlare», sussurrò. E soggiunse: «Posso stare qui? Magari vedo un po' di tele con te».

Andarono in soggiorno e si sedettero sul divano, uno accanto all'altra. Invece di accendere il televisore Alberto disse: «Guardami negli occhi. Io non voglio sapere i fatti della tua famiglia, però tu mi preoccupi. Quando eri una bambina, mi sono dovuto buttare in mare per salvarti da una bravata incomprensibile e insensata. Adesso sei grande, quindi parla, se hai bisogno di aiuto».

Lei si rifugiò tra le sue braccia e prese a singhiozzare.

«Voglio Mariano. Con lui non ho bisogno di parlare, perché capisce tutto al volo.»

«Mariano adesso non c'è. Ci sono io e se devo aiutarti ho bisogno di capire.»

Lei si scostò da lui e lo guardò. Vide un bel ragazzo di vent'anni, da sempre amico di Filippo. Quando soggiornavano a Paraggi, i due stavano sempre insieme a parlare. Quando lei cercava di intrufolarsi nei loro discorsi, la guardavano con la benevolenza degli adulti verso i piccoli e tacevano. Indispettita dal loro atteggiamento, un giorno aveva detto: «Siete due antipatici».

«I nostri sono discorsi tra uomini. Tu sei una donna», si era giustificato il fratello.

Ora lei disse: «Una volta voi eravate 'i grandi' e io ero la piccola. Adesso che sono cresciuta, voi siete gli uomini e io sono la donna. In un modo o nell'altro mi avete sempre esclusa dal vostro rapporto e ora tu vuoi che ti parli? Casomai parlerò con Angelina», reagì.

«Mia madre è scesa a Santa Margherita. Come ci regoliamo?»

«Io guardo la tele, perché adesso non mi va di tornare a casa», replicò lei e accese il televisore.

Alberto annuì e le tese un fazzoletto.

«Asciugati il viso», disse, e rimase seduto sul divano

accanto a lei, a guardare, senza seguirla, la replica di uno sceneggiato noioso.

Di tanto in tanto spiava Maria Sole di sottecchi e vedeva una bella ragazza che viveva in un mondo lontano dalla realtà per colpa dei suoi genitori che si erano dati una regola inderogabile: la rispettabilità. E nel nome della rispettabilità negavano il disagio dei loro figli.

«Tu sai perché Filippo non vuole più studiare? Anche tu, come lui, hai finito il liceo e ti sei già iscritto all'università. Lui non vuole farlo. Perché?» gli domandò a un certo punto.

«Tu vuoi bene a tuo fratello, vero?» domandò Alberto.

«C'è bisogno di chiederlo? Lo sai quanto io tenga a lui.»

«Filippo è infelice. Ora crede di aver trovato la felicità con una donna molto più grande di lui. È pazzo di lei e lo studio è l'ultimo dei suoi pensieri», si decise a raccontare Alberto.

«Camilla Cattaneo», concluse Maria Sole.

«Ragazzina, guardami negli occhi: io non ti ho detto niente», la ammonì.

«E io non ti chiedo altro, anche se immagino che tu sappia molto di più. Mi domando solamente se essere innamorato di una donna più grande sia una ragione sufficiente per rinunciare allo studio. Io amo Mariano da sempre, so che un giorno ci sposeremo, ma questo non mi impedisce di andare a scuola», ragionò.

«Non aspettarti una risposta da me.»

«Alberto, io non ho voglia di tornare a casa. Posso rimanere qui?»

«Senti, io vado a fare un bagno. Vuoi venire anche tu? Nuotare ti farà bene. Però sbrigati, perché alle cinque inizio il turno al ristorante.»

Da qualche anno, Alberto lavorava di sera in un ristorante di Portofino dove faceva il cameriere per pagarsi gli studi. Invece di fare il bagno, i due andarono in spiaggia e si misero sotto l'ombrellone a parlare, perché Maria Sole aveva bisogno di esprimere il suo disagio.

«Io ti ammiro, Alberto», esordì e proseguì: «Vorrei poter lavorare anch'io, almeno in estate, invece di rincretinirmi tra i segreti e le ipocrisie della mia famiglia. I miei mi considerano la bambola di porcellana da piazzare dove vogliono e che muove gli occhi e parla a un loro comando».

«Credo che loro vogliano soltanto che tu sia serena e cercano di preservarti dai loro crucci», ragionò il giovane.

«Anche mio fratello? Ti sembra giusto che sia innamorato e non mi dica niente?»

«Quella storia l'ha raccontata soltanto a me e non so come tuo padre ne sia informato.»

«Tutti nella mia famiglia hanno dei segreti. Perché io non ne ho?»

«Ti auguro di non averne mai, perché non si vive bene con i segreti, non si è felici. Tu cerca di esserlo.»

«Non si può essere felici a comando, lo sai.»

«Hai ragione. Comunque mi dispiace di non poterti aiutare.»

«Tu sei un tesoro, Alberto. E io ti voglio sinceramente bene.»

«Come ti chiama Filippo?»

«Scimmietta.»

«Allora, scimmietta, buttiamoci in acqua e facciamo a chi arriva primo alla boa.»

Arrivò prima Alberto ma, quando lo raggiunse, lei gli sorrise e gli scoccò un bacio sulla guancia.

«Mi sento meglio», dichiarò Maria Sole, mentre si riposavano aggrappati alla boa. E pensò che, se Alberto non fosse stato tanto più grande di lei e lei non fosse stata innamorata di Mariano, avrebbe potuto amarlo.

# 5

In autunno, Filippo lasciò la casa paterna.

Aveva trovato un lavoro come rappresentante di articoli sportivi e divideva un minuscolo appartamento in affitto con un collega. Il padre aveva deciso di chiudere con lui ogni rapporto, fino a quando non fosse rinsavito e avesse ripreso a studiare.

Di tanto in tanto, Maria Sole incontrava il fratello di nascosto e lo metteva al corrente di quello che succedeva in famiglia.

Tentava di farlo sorridere, imitando il padre quando era nel pieno delle sue sfuriate. Faceva lo sguardo corrucciato e recitava: «Mio figlio, un Grimaldi, ridotto a fare il rappresentante di attrezzi da palestra!»

«Neanche fossimo i re di Spagna», sorrideva lui.

«La mamma gli dà manforte e incalza: 'Nostro figlio manderà in rovina il buon nome della famiglia'.»

«Per loro, avere una buona reputazione non significa comportarsi onestamente, ma offrire agli altri l'idea della rispettabilità», affermò Filippo.

«Ormai ho capito che sia mamma sia papà hanno le loro storie segrete», ragionò Maria Sole.

«Non mi dire! Ci sei arrivata finalmente», esclamò il fratello.

«Con l'aiuto di Mariano, che è meno scemo di me. In realtà lo sapevo da un pezzo, ma non volevo ammetterlo. Papà con quella tettona della sua segretaria, mamma con l'intellettuale pieno di sé. Ma tu non mi dici nulla di Camilla Cattaneo. Ti sembra giusto trattare così la tua sorellina?»

«È una storia che non si dovrebbe divulgare, scimmietta. Camilla ha molti più anni di me, ma la sua bellezza e la sua grazia mi tolgono il respiro. Sono così preso da lei che potrei andare fuori di testa se mi lasciasse», confessò.

«È per questo che non vuoi studiare?»

«La gelosia mi divora e non riesco a concentrarmi sui libri. Lo capisci?»

Maria Sole aveva quindici anni ed era la prima volta

che si confrontava da adulta con il fratello. «Se vi amate, che ragione hai per essere geloso?» chiese.

«Tieniti forte, sorellina. Camilla è sposata e ha due figli», sparò Filippo. E proseguì: «Suo marito è un importante armatore genovese ed è anche violento. Se sapesse di noi due ci ammazzerebbe. E lei è costretta a dormire nel suo letto. Capisci perché la gelosia mi divora?»

Sconvolta da quella rivelazione, Maria Sole si indignò: «Allora sei tutto scemo! Ma come, fai l'indignato con i nostri genitori perché hanno le loro relazioni segrete e tu ami una donna sposata che si comporta come loro! Io ti disapprovo».

«Anch'io mi disapprovo, ma non posso farci niente. Sono caduto in depressione per questa storia. Con Camilla dobbiamo incontrarci di nascosto quando lei va con i bambini a Santa Margherita, dove i Cattaneo hanno una casa. Quando dobbiamo lasciarci, io soffro, perché la nostra non è una banale storia di sesso.»

«Filippo, in fatto di sesso io non so niente perché Mariano e io non lo abbiamo ancora fatto. Invece sono convinta che, con tutte le sue imperfezioni, la famiglia sia molto importante. Camilla ha una famiglia. Tu stesso mi dici quanto lei abbia a cuore i suoi figli. Ti sembra corretto che la distrugga perché si è innamorata di te?» gli domandò Maria Sole.

«La famiglia la subisci da quando nasci. Senza che tu te ne renda conto, impari fin dall'infanzia a adottare lo stile di vita della tua famiglia e non ti chiedi mai se tu, nel tuo intimo, lo condividi. Da subito, a noi è stato insegnato che il plauso degli altri è la sola via praticabile per una piacevole sopravvivenza e che dobbiamo essere come gli altri vogliono che noi siamo. Mi segui, sorellina?» ragionò il fratello.

Maria Sole annuì, pensierosa.

Era un bel tramonto di fine aprile e i due fratelli passeggiavano lungo i viali dei giardini pubblici, gustando lentamente il primo cono-gelato della stagione.

Un rivolo di crema alla panna scivolò dal cono e cadde sul bavero della giacca di lana leggera che Maria Sole indossava sopra la camicetta di seta bianca. Suo fratello se ne accorse e si affrettò ad asciugarlo con un fazzoletto.

«Oddio, mi sono macchiata», si preoccupò subito lei. E soggiunse: «La mamma si arrabbierà».

«Ecco, vedi? Ti preoccupi della reazione di nostra madre, perché sai che lei disapproverebbe il tuo gelato da passeggio, perché il gelato si mangia seduti al tavolino di un bar, perché se non fai così rischi di macchiarti.

Ti forniscono una quantità di regole, quanto mai stupide, per fare di te una fanciulla di buone maniere. E questo vale per qualunque cosa tu faccia. Smettila, sorellina, di dire sempre sì. Prova qualche volta a dire no, prova a sporcarti e a non preoccuparti di esserti sporcata», la spronò lui.

«Ma a me dispiace di aver macchiato la mia giacchina», obiettò lei.

«Così, la macchia cancella il piacere di mangiare un gelato camminando per i viali di questo giardino. È tutta una questione di dare alle cose il loro giusto valore. Lavi la giacca e la macchia va via. Qual è il problema?»

«Io sto bene quando tutto mi appare armonioso, dentro e fuori di me. Tu lo sai che, quando tento di dire una bugia, nessuno mi crede, perché la prima a non crederci sono io che la percepisco come qualcosa che incrina il mio senso dell'armonia. Il fatto che tu non prosegua gli studi mi dispiace, perché stona con l'immagine che ho di mio fratello. È possibile che io non sia me stessa, che sia come gli altri vogliono che io sia, ma a me sta bene così, mi sento in pace con me stessa.»

Sedettero su una panchina, rabbrividendo un po' perché si era alzata una brezza fresca. Filippo mise un braccio protettivo sulle spalle della sorella, attirandola a sé.

«Questo è il tuo modo di concepire la vita, mia adorabile scimmietta», disse. E poi le domandò: «Sei felice?»

«Sono serena», rispose lei.

«Beata te, io non lo sono affatto e la ragione la sai.»

«Ti manca il coraggio di chiudere una storia d'amore che ti fa soltanto male. L'amore dovrebbe riempire il cuore di gioia, mentre tu sei l'immagine della disperazione», ragionò Maria Sole, con tono accorato.

«Lo so. Ma amore e lacrime sono sempre andati insieme. Non esisterebbe la grande letteratura se l'amore fosse un sentimento senza tormenti. Pensa ai versi memorabili di Catullo per Lesbia, alla leggenda di Lancillotto e Ginevra, al dramma di Giulietta e Romeo.»

Lei scosse il capo e sussurrò: «Filippo mio, la vita c'entra poco con la letteratura».

«Quello che io sto vivendo è un dramma e non posso fare altro che viverlo fino in fondo. Rassegnati, sorellina», replicò lui, tristemente.

# 6

MARIA Sole era a tavola con i genitori e Mariano.

Ludovica aspettò che la cameriera servisse la zuppa di pesce e, quando uscì dalla sala da pranzo, domandò alla figlia: «Come te la sei macchiata la giacchina di Davide Cenci? Te lo chiedo perché l'ho trovata tra gli indumenti da mandare in tintoria». «L'ho sporcata mangiando un cono-gelato mentre passeggiavo con Filippo», rispose la ragazza.

«Hai visto tuo fratello?» si meravigliò il padre.

«Lo vedo spesso. Anche mamma lo incontra. Lui è parte della nostra famiglia», affermò lei.

«Dalla quale si è chiamato fuori. Io non l'ho mai messo alla porta», volle precisare il padre.

«Ma è come se lo avessi fatto, dal momento che non gli rivolgevi più la parola. Io sono sua madre e gli voglio bene, lei è sua sorella e gli vuole bene», osservò la moglie.

«Ma per favore, io sono suo padre e proprio perché anch'io gli voglio bene, sono stato ferito dal fatto che Filippo abbia buttato nella spazzatura tutte le possibilità di un futuro solido, rifiutandosi di iscriversi alla Bocconi, come gli avevo suggerito, e facendosi coinvolgere da quella Camilla in una storia che finirà male. Quando recupererà un minimo di buon senso, se non sarà troppo tardi, anche lui mi darà ragione», concluse.

Mariano, che fino a quel momento aveva ascoltato senza fiatare, sussurrò: «Non è tutto così semplice, zio Guido. Fra la tua posizione pragmatica e quella impulsiva di Filippo c'è la sofferenza tua e sua. Tu soffri perché lui ha deluso le tue aspettative, lui soffre per averti deluso e anche per questa specie di follia amorosa che non riesce a controllare. Qualche volta, anch'io lo incontro con Maria Sole e posso dirti che lui, più ancora di te, sa che il rapporto con una donna che è moglie e madre è sbagliatissimo. Lui sa che questa passione che lo travolge è destinata a concludersi nel dolore. Se almeno tu gli andassi incontro e gli facessi sentire che gli vuoi bene, lui sarebbe meno infelice. Scusami se mi sono intromesso in questa situazione che riguarda solamente la vostra famiglia».

«Sono d'accordo con Mariano, e anche la mamma lo è, ne sono sicura, sebbene taccia», intervenne Maria Sole, grata al suo eroe per quelle parole.

Il padre non replicò. Si alzò dal tavolo e disse: «Questa zuppa di pesce si è raffreddata e la fame se ne è andata». Uscì dalla sala da pranzo seguito da sua moglie.

Rimasti soli, Maria Sole sussurrò a Mariano: «Papà ha un'amante e non è che anche la sua sia una gran bella storia».

«Quella non è una storia. È soltanto un modo per scopare in un altro letto. Il cinismo degli adulti mi sbalordisce. Pensi che diventeremo come loro?» la interrogò il ragazzo.

«Amore mio, tra noi due non sarà mai così. E tu lo sai», replicò Maria Sole, con convinzione.

Venne l'estate, un altro anno scolastico si concluse e i due giovani si preparavano ad andare in vacanza nei paesi nordici con un gruppo di amici.

La sera prima della partenza, Filippo telefonò alla sorella.

«Fra tre giorni parto per il militare», le annunciò. «Non potevo partire per Cassino senza dirti che ti voglio bene perché sei la mia amata scimmietta», spiegò.

«Me lo dici solo adesso? Noi ci mettiamo in viaggio

domani mattina alle sette. Abbiamo già i treni prenotati», lo informò.

«E avresti avuto il coraggio di partire senza salutarmi?» le domandò il fratello.

«Ti ho mandato più di una mail per dirtelo, ma non mi hai mai risposto. Stiamo via un mese. Quando torno, verrò a trovarti con Mariano.»

«Scusami, non ho letto le mail. Sono stato tre giorni interi con Camilla e sono felice», la informò e poi la salutò.

A fine luglio, Maria Sole andò a trovarlo al centro di addestramento delle reclute a Cassino.

Era una mattina di caldo africano. Nel cortile della caserma vide Filippo correre verso di lei, ma poi si bloccò perché un sergente gli aveva intimato l'alt. Lo vide ascoltare a capo chino la ramanzina per non aver osservato la compostezza militare e lo sentì dire: «Le chiedo scusa, signore».

Maria Sole si indignò per quella umiliazione pubblica che il fratello era stato costretto a subire.

«Che stronzo!» gli sussurrò, mentre lo abbracciava. E soggiunse: «Perché non gli hai risposto per le rime?»

«Sorellina, lui comanda e io voglio evitare tre giorni di punizione. Del resto, sai quanto me ne importa di quel frustrato? Farà il sergente per tutta la vita e può considerarsi fortunato, perché non saprebbe fare altro.»

Maria Sole gli prese il viso tra le mani e lo guardò con dolcezza e angoscia, perché aveva davanti a sé un uomo smagrito, sofferente e amareggiato.

«Ti danno da mangiare? Ti lasciano riposare? Sei l'ombra di te stesso», sussurrò.

«Vieni. Andiamo laggiù dove c'è un po' d'ombra», propose lui.

«Non possiamo uscire?» domandò Maria Sole.

«Sono le regole dell'addestramento. Mi hanno concesso quindici minuti, non uno di più, come ai carcerati.»

Lei pensò che, se Filippo avesse frequentato l'università, non sarebbe stato lì, in quel campo militare nel pieno di una torrida estate, a dire signorsì a un sergente odioso. Ma non glielo disse.

«Voglio che mi racconti tutto», lo spronò.

«Sto male. Ma anche tutti gli altri ragazzi stanno male come me. Non credo che sia questo il modo per forgiare i difensori della patria. Comunque, me lo sono cercato e mi adeguo. Tanto più che tra dieci giorni questa buffonata finisce e mi spediscono al Nord. Non so se a Verona o a Torino. In agosto avrò cinque giorni di licenza e, finalmente, potrò farmi una doccia come

Dio comanda, mangiare cibo commestibile e rivedere Camilla.»

«Io sarò in montagna, con mamma e papà, ma a Paraggi troverai la nonna. Ti voglio bene, fratellone.» Lo abbracciò e gli mise in mano una busta.

«Che cos'è?» domandò il fratello.

«Qualche spicciolo, da parte di mamma. Lei sa che sono venuta qui con Mariano.»

«Dove lo hai nascosto? Non lo vedo.»

«È rimasto fuori ad aspettarmi.»

Lui controllò l'ora e disse: «Devi andare. Ringrazia mamma e abbraccia per me il tuo ragazzo. Dopo Camilla, sei la persona che mi manca di più, perché anch'io ti voglio tanto bene, scimmietta.» La strinse forte a sé e le sussurrò: «Sono molto infelice. Grazie per essere venuta quaggiù a trovarmi».

«Vorrei essere una fatina con la bacchetta magica, perché te la darei sulla testa per toglierti Camilla dalla mente. Tu lo sai che non ti verrà niente di buono da questa storia.»

«Ti prego, non girare il coltello nella piaga. So tutto e non posso farci niente. Ognuno di noi ha il suo destino. Il mio non sarà dei migliori.»

Maria Sole uscì dalla caserma, si buttò tra le braccia

di Mariano, che era fuori ad aspettarla, e scoppiò in un pianto irrefrenabile.

«Che cosa succede?» le domandò allarmato.

«Nulla, ma sento che quando rivedrò Filippo sarà anche peggio di oggi», singhiozzò.

# 7

«CHE cosa vuoi che ti dica? La solita noia. Le vacanze in barca non le sopporto più. Attilio che si porta sempre appresso il solito Minetti, deprimente come lo champagne sgasato, e la sua Rosetta che ti si appiccica addosso come una piattola. Io, per non sentirmi in colpa, continuo a invitare Cinzia, che è un lamento continuo perché non c'è mai niente che le vada bene. Lo spazio, su una barca, è quello che è, e venti giorni tra la Costa Azzurra, la Sardegna, la Versilia e Capri diventano uno stillicidio mortale», raccontava una donna.

«Ogni agosto mi ripeti sempre la stessa storia. Tanto non puoi farci niente, perché a tuo marito va bene così. Rassegnati. Oppure, fai come faccio io: trovati una distrazione», replicò un'altra voce femminile.

Maria Sole, che sedeva a un tavolino del bar sulla piazza di Pont-Saint-Martin dopo aver fatto spese, perché era giorno di mercato, stava leggendo il quotidiano locale e si era distratta ascoltando il dialogo tra le due clienti che sedevano alle sue spalle.

Sorseggiò la centrifuga di mele e carote, aspettando che il discorso tra le due donne proseguisse.

A giudicare dalle voci e dall'accento, dovevano essere genovesi, viziate e ricche. Avrebbe voluto girarsi per guardarle in viso, ma temeva che, se lo avesse fatto, le due amiche avrebbero smesso le loro confidenze.

In quel periodo, c'erano molti liguri e piemontesi in Val d'Aosta. Anche lei era arrivata lì con mamma e papà, dopo aver trascorso il mese di luglio a Villa Sans-souci con la nonna e Mariano, mentre i suoi genitori erano rimasti a Milano.

La loro preoccupazione per Filippo sembrava aver ricomposto la famiglia e Maria Sole sperò che l'armonia ritrovata si riflettesse positivamente sul fratello.

Nella casa di Gressoney St. Jean, ricevevano gli amici nei giorni di pioggia e facevano lunghe passeggiate quando era bel tempo. Una volta la settimana scendevano a Pont-Saint-Martin, nel giorno di mercato.

Ora, mentre mamma e papà si aggiravano tra le bancarelle per fare acquisti, lei si era isolata in quel bar ad aspettarli.

Intanto, alle sue spalle, la donna che aveva parlato per prima proseguì: «A proposito, come va la tua storia con il giovane Grimaldi?»

Maria Sole trasecolò: le due donne stavano parlando di suo fratello.

«Devo scrollarmelo di dosso perché sta diventando asfissiante. Ho respirato di sollievo quando l'hanno chiamato a fare il militare, ma è servito a poco, perché mi perseguita con le sue telefonate strazianti. Devo dare un taglio a questa storia. Intanto, domani ripartiamo. Mio marito si ferma a Genova, io proseguo per Santa Margherita con i bambini e la tata. Lui sarà lì ad aspettarmi e voglio levarmelo dai piedi», rispose l'altra.

Non aveva dubbi: una delle due donne era Camilla Cattaneo e Maria Sole si girò a guardarla. La colpì la sua bellezza sfolgorante. Bruna, longilinea, occhi dolci e languidi che contraddicevano la volgarità delle parole scambiate con l'amica che le sedeva accanto.

Il suo amato fratellone stava consumando la sua vita, tormentato dalla passione e dalla gelosia per una creatura volgare, stupida e cinica.

Era così sconvolta, offesa e arrabbiata, da desiderare

di scagliarsi contro di lei per schiaffeggiarla. Ma in quel momento realizzò che il proposito della bella Camilla giocava a favore di Filippo. Lui avrebbe sofferto per questo abbandono, ma con il tempo avrebbe capito l'assurdità di quella relazione e, finalmente, avrebbe ricominciato a vivere. Allora decise che doveva andare subito a Paraggi per incontrare suo fratello e parlargli. Avrebbe trovato le parole giuste per attutire il colpo, senza riferirgli le confidenze ascoltate al bar.

Pagò il conto e si avviò verso il mercato a cercare i suoi genitori. Li trovò davanti a una bancarella, intenti a confrontarsi sull'acquisto di alcune giacche da uomo di lana cotta. Il venditore decantava la qualità del prodotto artigianale di Valgrisa, sua madre ne lamentava la rigidità.

«Sembrano di cartone», ragionava ad alta voce.

«Non fanno passare né l'acqua né il freddo», diceva il bancarellaio.

«Ludovica, ne hai ancora per molto?» sbuffava papà.

Sua madre se la ritrovò accanto e le domandò: «Non eri andata a bere qualcosa di fresco?»

La ragazza si chiese se fosse il caso di riferire l'incontro casuale con Camilla e il proposito che la donna aveva espresso. Decise di tacere.

«Voglio fare un salto a Paraggi, perché Filippo mi

aveva detto che avrebbe avuto una licenza di qualche giorno in questo periodo e sarebbe andato dalla nonna», annunciò.

«Forse dovremmo venire con te», disse sua madre, cercando il consenso del marito con lo sguardo. L'uomo annuì.

«Lo sapete che lui parla più volentieri se voi non ci siete. E poi non so neppure quando e se arriverà. Non volete aspettare che vi chiami per dirvi com'è la situazione?» ragionò Maria Sole, sebbene sapesse che il fratello si sarebbe presentato a Paraggi la sera seguente. Sempre che fossero vere le parole di Camilla, perché Filippo non le aveva detto niente.

E proseguì: «Papà, se a te va bene, ti chiederei di accompagnarmi in macchina alla stazione di Torino. Poi, da lì a Paraggi vado in treno».

Il giorno dopo, durante il viaggio, avvertì la nonna del suo arrivo.

«Cara, lo so già. Tua madre mi ha chiamato e vuole che le telefoni appena sei qui», disse garrula l'anziana signora.

Alla stazione di Santa Margherita trovò Alberto, il figlio dei guardiani, che la stava aspettando.

«Ti sei stancata dell'aria di montagna?» le domandò il ragazzo.

«Più o meno. Ci sono novità in villa?» s'informò.

«Il solito giro degli amici di tua nonna», rispose lui, mentre le apriva la portiera dell'auto.

Alberto si destreggiava nel traffico agostano e Maria Sole cercava di dominare in silenzio la sua angoscia per il fratello.

Dopo un po' il ragazzo le domandò: «Ti va di parlare? Tu sei preoccupata per qualcosa che non so. Tiro a indovinare: Filippo?»

Lei annuì e gli domandò: «Lo hai sentito di recente?»

«Mi ha mandato un messaggino per dirmi che arriva domani sera. Prima passa la notte con Camilla e dopo viene qui.»

Erano di fronte al cancello della villa.

«Fermati un attimo, Alberto. Voglio sapere di più, prima di entrare. Te lo chiedo, perché l'ho chiamato già diverse volte durante il viaggio, ma non mi risponde. Ha il cellulare spento», disse lei, sempre più preoccupata.

«Maria Sole, perché ti fai carico di qualcosa che è tanto più grande di te e che, comunque, non puoi controllare? Tuo fratello ha vent'anni, è un uomo. Lascia che faccia le sue scelte, giuste o sbagliate che siano», le suggerì Alberto.

«Camilla vuole lasciarlo, perché si è stancata di lui.

Vorrei, con parole appropriate, prepararlo per evitare che faccia qualche sciocchezza.»

«Come fai a sapere che lo lascerà?»

«Lo so e basta. L'ultima volta che ci siamo sentiti, lui era particolarmente depresso. Sono davvero molto angosciata, perché lui non sa quello che l'aspetta.»

Alberto non replicò. Azionò l'apertura automatica del cancello ed entrarono nel giardino della villa.

# 8

Maria Sole era nel patio con la nonna, quando, alle nove di sera, trillò il cellulare e lesse sul display il nome del fratello. Si rifugiò in casa per parlargli.

«Finalmente! Ti chiamo da ore, inutilmente», disse lei, con un senso di sollievo.

«Probabilmente ero in galleria. Lo sai che ci sono zone senza campo. Comunque sono in coda al casello di Santa. Mettiti tranquilla, perché domattina ti raggiungo in villa», replicò Filippo.

«Ti sento teso come il filo di un arco.»

«Non vedo Camilla da tre mesi, la sento sempre più distante e puoi capire il mio stato d'animo.»

Lei colse la palla al balzo e gli sussurrò: «Temi che voglia lasciarti?»

«Questo mai. Mi ama troppo», si ribellò lui.

«Proprio per questo, potrebbe aver deciso che tu hai diritto di avere un futuro più tranquillo lontano da lei. Gli amori segreti, vissuti nella paura, non sono mai felici. Forse ha capito che, a questo punto, deve scegliere se mettersi con te o rimanere accanto ai suoi figli. Possibile che tu non capisca il dramma che sta vivendo questa povera donna?»

Non si sentiva fiera di sé, mentre pronunciava queste parole compassionevoli nei confronti di qualcuno che disprezzava con tutta se stessa. Ma avrebbe fatto anche di peggio per risparmiare una parte di dolore a suo fratello. Quindi proseguì: «Perché non mi raggiungi qui, prima di andare da lei? Mi manchi tanto, fratellone».

«Maria Sole, basta così. Ci vediamo domani», decise lui e chiuse la comunicazione.

La sorella, sempre più preoccupata, tornò nel patio, accanto alla nonna.

Maria Vittoria sedeva su una poltrona di vimini foderata di cuscini soffici, aveva gli occhi chiusi e sembrava dormire. Invece, le domandò: «Come sta quel povero infelice?» alludeva alla telefonata appena conclusa.

«Sta male», sussurrò la nipote.

Maria Sole le aveva confidato la ragione che l'aveva spinta a tornare lì, dopo l'ascolto fortuito del dialogo tra Camilla e un'amica.

Ora le chiese: «Tu a Genova conosci tutti. Che cosa sai di Camilla?»

«La sua famiglia è molto ricca e, proprio per questo, lei ha sposato il Cattaneo, che è altrettanto ricco. Comunque, suo nonno era un rappresentante di macchine meccanografiche. Quando sul mercato si sono affacciati i primi computer, il figlio ha fiutato odore di grossi affari. Prima di altri si è accaparrato la rappresentanza del mercato della tecnologia giapponese e nel giro di pochi anni è diventato il primo importatore dall'Oriente.

«Camilla ha tre fratelli. Due lavorano con il padre, il terzo si è messo con la concorrenza. Tutti l'un contro l'altro armati.»

«Lei è molto bella», osservò Maria Sole.

«E perfida, come il resto della famiglia.»

«Anche suo marito è una potenza», disse la ragazza.

«È una bella gara a chi ha più soldi. Quando noi eravamo ricchi e avevamo tanta servitù, loro non avevano niente. Noi siamo rimasti signori. Loro, i parenti di Camilla intendo, si portano ancora addosso la pochezza delle loro origini. Camilla può avere tutti i soldi che vuole, ma nel tratto rimane sempre una pezzente. Lo dimostra la considerazione che ha per quel povero ragazzo di mio nipote. Voglia il cielo che lo metta alla porta e che lui capisca d'aver perduto la testa per una che io non vorrei neppure come cameriera. Ma tutto questo è irrilevante. A noi preme quel benedetto ragazzo», sospirò la nonna.

Maria Sole osservò quella bella signora anziana che aveva smesso da tempo di imbiondirsi i capelli e sfoggiava la sua chioma bianchissima.

«Vado a letto. E faresti bene a fare la stessa cosa», disse la nonna, alzandosi dalla poltrona.

«Buon riposo. Io scendo fino alla spiaggia. Mi piace ascoltare il fruscio della risacca nel silenzio della notte», spiegò lei.

Non si aspettava di trovare Alberto che, a piedi scalzi, le mani affondate nelle tasche dei pantaloni, un golf posato sulle spalle, stava ritto a guardare il mare.

«Non lavori al ristorante, questa sera?» gli domandò.

«È il mio turno di riposo», replicò lui.

«Non ce l'hai una fidanzata?» indagò Maria Sole.

E poiché lui non rispondeva, soggiunse: «So così poco di te».

«La mia ragazza si chiama Cecilia. È una compagna di università. Adesso è in vacanza da qualche parte con i suoi amici.»

«Ti manca?»

«Sì, quando non lavoro, come questa sera. Ho sempre

poco tempo per le parentesi romantiche. A te non manca Mariano?»

«Noi stiamo insieme tutto l'anno. Agosto, quando è in vacanza con i suoi, è il nostro turno di riposo annuale. Dopo è più bello ritrovarci», spiegò lei.

Alberto si infilò il golf, perché stava aumentando la frescura, e andò a sedersi su una sdraio.

«Che cosa stai leggendo?» le domandò, deviando il corso della conversazione verso un argomento meno personale.

«Svevo, Pirandello, Calvino. I soliti autori che gli insegnanti ti appioppano come letture per le vacanze. E tu?»

«Io, che cosa?»

«Tu cosa leggi? Non dirmi che non hai il tempo per farlo.»

«È proprio così. Fra la lettura dei tomi indigesti per gli esami che devo dare e i lavori che mi sobbarco nel tempo libero, mi resta solo il tempo per dormire. Ma che cosa mi è venuto in mente di infognarmi in questo discorso sterile?» si spazientì.

«Forse per non parlare di mio fratello. O sbaglio?»

«Senti, io torno su e vado a riposare, perché domattina devo accompagnare mio padre in ospedale.»

«Paolo sta male? La nonna non mi ha detto niente. E nemmeno tu, del resto.»

«Perché non c'è niente da dire. Deve solamente fare un paio di esami per via di certi doloretti al bassoventre. Il nostro dottore vuole assicurarsi che non ci siano problemi all'intestino.»

Arrivarono davanti alla casa dei guardiani.

Di là dal cancello c'era Filippo sulla sua auto. Vide la sorella e Alberto, si sporse dal finestrino e disse: «Non ho il telecomando e stavo per suonare il campanello».

Maria Sole non seppe se esultare o preoccuparsi ancora di più, perché lo aspettava soltanto il giorno dopo. Mentre Alberto apriva la cancellata, lei salì in auto, accanto al fratello.

Salutarono l'amico con un cenno e Filippo riavviò l'auto per imboccare il viale.

Lei non fece domande e lui rimase in silenzio. Parcheggiò la macchina nel garage. Entrarono in casa e lui disse: «Vado nella mia stanza».

Gli lesse sul viso la stanchezza e il dolore.

Prese a salire la scala che portava al piano superiore e lei lo tallonò, dicendo: «Qualunque cosa sia successa, mi dispiace tanto».

Lui entrò nella sua camera e chiuse la porta. Da dietro il battente, Maria Sole disse, con voce supplichevole: «Fratellone, mi prendi nel letto con te?»

«Ci vediamo domattina», rispose lui, dall'interno della camera.

Lei entrò nella sua stanza e telefonò alla mamma.

«Filippo è in villa. Non chiamarlo, perché morde.»

«Mi stai dicendo che quella brutta storia è finita?»

«Credo proprio di sì.»

«Domattina vado in chiesa e accendo un cero alla Madonna», disse Ludovica.

# 9

«Angelina mi ha detto che tuo fratello è arrivato ieri sera», esordì la nonna, entrando nella veranda dove Maria Sole stava facendo colazione.

Maria Vittoria, nonostante l'età avanzata, era sempre una donna affascinante.

«Come sei bella, nonna!» esclamò Maria Sole, sorridendole.

Indossava un camicione di lino immacolato, acquistato per pochi spiccioli al mercato di Santa Margherita ma che, impreziosito da una collana di corallo e dall'eleganza del portamento, sembrava un capo di sartoria.

«Lascia perdere i complimenti. Voglio sapere come sta Filippo», replicò la nonna, sedendo al tavolo, di fronte a lei.

«Non ne ho idea. Ieri sera ho cercato di parlargli, ma è andato nella sua stanza.»

«Vuole stare da solo e noi rispetteremo il suo isolamento.»

«Non è facile vivere nella nostra famiglia», sussurrò Maria Sole.

«Non è facile vivere in nessuna famiglia», replicò Maria Vittoria, versando un rivolo di panna nella tazza del caffè.

«A me sembra che le famiglie dei miei amici siano meno complicate della nostra.»

«Perché non ci vivi dentro», tagliò corto Maria Vittoria.

«Che cosa devo fare?»

«Quello che fai di solito.»

Fiorella, la domestica, arrivò dalla cucina con un cesto colmo di pesche e disse: «Le ha portate il contadino con altre verdure fresche. Con quelle faccio il minestrone e con queste?»

«Prepara una teglia di pesche al forno con gli amaretti», ordinò la nonna.

Le banalità quotidiane sembrarono, a Maria Sole, un insulto al dramma che stava vivendo Filippo.

Le sarebbe piaciuto scendere in spiaggia, ma non

voleva allontanarsi dal fratello. Così si rifugiò nel patio, aspettando che lui la raggiungesse.

La nonna uscì in giardino a cogliere le rose e Filippo si palesò: «Io torno a Verona», annunciò.

«Ma non sei in licenza?» osservò Maria Sole, scrutandolo con un senso di pena. Era ancora più magro di quando lo aveva visto a Cassino. Indossava un paio di bermuda e una maglietta bianca. Sul viso gli lesse i segni di una notte insonne.

«Sono stato licenziato da Camilla come l'ultimo dei servi», sussurrò.

«Allora portami con te. Sono scesa apposta dalla montagna per incontrarti.»

«Sei molto affettuosa, sorellina, ma io non voglio essere soccorso. Ho bisogno di stare da solo e la caserma, con tutta la sequenza di regole assurde che comporta, è il posto giusto per non pensare.»

«La tua sofferenza mi fa male», ammise lei e proseguì: «Lo sapevi anche tu che era un amore senza sbocco».

«Io l'ho saputo solamente ieri sera, perché me lo ha detto lei, senza troppi giri di parole.»

«Credevi davvero che una donna di oltre trent'anni lasciasse figli e marito per fuggire con te?»

«Era quello che lei mi aveva lasciato intendere. Non avrei sconvolto la mia vita se non fosse stato così.»

«Magari quando te lo diceva lo pensava davvero», gli suggerì nel tentativo di attenuare il suo dolore.

«Non si gioca con i sentimenti degli altri.»

«Certe persone lo fanno perché sono cretine e, dai cretini, non ti puoi difendere», sbottò. Avrebbe voluto dirgli che aveva ascoltato le sue parole, che era una donna spregevole, che aveva parlato di lui come di un cagnolino che le era venuto a noia.

Lui domandò: «Da quando sei diventata così saggia, scimmietta?»

Lei si alzò, andò ad abbracciarlo e replicò: «Quale saggezza? La mia è la voce dell'amore fraterno. Non voglio vederti soffrire. Tu faresti la stessa cosa per me, se io fossi al tuo posto. Ma io non patirò mai per amore, perché Mariano è il mio amico più grande e più vero».

Filippo si liberò dalle sue braccia e la guardò con gli occhi pieni di lacrime.

A lei sembrò di avere un sasso nello stomaco che premeva sul petto e faceva male.

«Fratellone mio!» sussurrò.

«Lei mi aveva portato in paradiso... e poi, con un calcio, mi ha spedito all'inferno.»

La nonna si affacciò sul patio, sentì le parole del nipote e un dolore sordo le trafisse il cuore.

«Nonna, io torno a Verona», le disse il nipote.

«Peccato, speravo che accompagnassi tua sorella a Gressoney. È venuta apposta per stare un po' con te», replicò Maria Vittoria in un disperato tentativo di affiancargli qualcuno della famiglia, perché si sentisse meno solo in un momento di grande sconforto.

Inaspettatamente, Filippo annuì.

«Perché non vieni anche tu con noi, cara nonna? Sono stato senza la mia famiglia per troppo tempo e voglio rivedervi tutti insieme.»

La nonna avrebbe preferito rimanere a Paraggi, ma decise di assecondarlo.

Nella vecchia casa di Gressoney, quella sera, ci fu aria di festa. Riuniti intorno alla stessa tavola, Filippo ritrovò l'atmosfera della sua infanzia, quando sembrava che tutto andasse bene, che tutti fossero sereni e niente potesse scalfire la solidità dei loro rapporti.

Il giovane notò i primi solchi tracciati dalle rughe sui volti dei genitori e la gioia autentica nei loro sguardi per il suo ritorno. Sentì che lo amavano davvero, ma si rese conto che tutto quell'amore non riusciva a sanare la sua ferita che, con il trascorrere delle ore, sanguinava sempre di più.

Si sforzò di essere spiritoso, di rallegrarli con i racconti della vita in caserma. Fece l'imitazione di alcuni sergenti e comandanti. Descrisse l'assurdità di tanti regolamenti. Criticò l'infamia della mensa e dei servizi igienici. Si dilungò sulle vicende di certi compagni che venivano da situazioni di grande disagio e consideravano una vacanza il servizio di leva.

I suoi genitori avevano bisogno di essere rassicurati sul suo futuro e lui li accontentò.

«Domattina mi metto in viaggio dopo aver fatto colazione, perché le autostrade sono intasate e io devo presentarmi in caserma alle otto di sera. Se arrivo prima, mi concedo l'ultimo pasto in un buon ristorante», spiegò.

Al mattino, mentre stava per salire in macchina, con tutta la famiglia intorno, disse: «Vi voglio bene».

Abbracciò tutti, a uno a uno. Afferrò Maria Sole e la sollevò da terra, sussurrandole all'orecchio: «Tu sei l'anima bella di questa famiglia. Fai del tuo meglio per essere sempre felice».

«Chiama, quando arrivi in caserma», si raccomandò la madre.

Filippo promise e le telefonò.

Tre giorni dopo, quando la famiglia stava caricando in auto i bagagli per tornare in città, arrivò una chiamata da Verona. L'esercito informò i Grimaldi che, durante un'esercitazione al poligono di tiro, Filippo si era ucciso con un colpo di pistola alla tempia.

# 10

VENNE aperta un'inchiesta e, tra gli effetti personali di Filippo, trovarono una lettera indirizzata alla sua famiglia.

«La vita è un dono meraviglioso, ma per goderne occorre una forza che io non ho. Cari mamma, papà, sorellina, nonna, io sono l'anello debole della nostra famiglia. So che sto per darvi un grande dolore, ma vi prego di capire che la vita per me è diventata una sofferenza tanto grande che non riesco più a sopportarla. Sono stato un figlio, un nipote, un fratello molto amato. Anch'io ho amato e amo tutti voi moltissimo, per sempre. Perdonatemi. Filippo.»

La famiglia non volle nessuno alla funzione funebre, che fu celebrata nella piccola chiesa del cimitero di Paraggi prima che le spoglie di Filippo venissero deposte nella cappella dei Grimaldi. Poi Maria Sole, i genitori e la nonna si chiusero nella villa, isolandosi dal mondo.

Non volevano vedere nessuno, non rispondevano alle telefonate che venivano intercettate dai domestici e dai custodi. Soltanto Maria Sole scendeva nella spiaggetta dove, a volte, Alberto la raggiungeva per salutarla con un abbraccio silenzioso.

Il solo che ebbe il coraggio di rompere quell'isolamento fu Mariano che, dopo una settimana dal funerale di Filippo, si presentò in villa deciso a spezzare il silenzio di Maria Sole.

«Io posso solamente immaginare quanto sia grande il tuo dolore, ma devi ritornare alla tua vita, ai tuoi studi e io ti aiuterò a farlo», le disse e la tenne stretta tra le braccia mentre la ragazza singhiozzava disperata.

Fu lei la prima della famiglia a riprendere i contatti con il mondo. La seguì la nonna che, dopo tanti giorni durante i quali ognuno si era chiuso nel proprio dolore, organizzò una cena a cui invitò, oltre la famiglia, i custodi con il loro figlio Alberto e Mariano con i suoi genitori.

In quella occasione Maria Vittoria annunciò: «È arrivato il momento di accettare la vita senza Filippo. Il cibo di questa sera verrà consumato nel suo ricordo».

Alberto si alzò in piedi, chiese che gli fosse versato del vino nel suo bicchiere, poi lo sollevò e disse: «Faccio un brindisi al mio amico, a cui mi ha legato e mi legherà sempre un'amicizia profonda, sincera».

Il padre, che si sforzava di trattenere il pianto, guardò negli occhi sua moglie e sussurrò: «Filippo sarà sempre con noi».

Il mattino seguente, la famiglia tornò a Milano e la quotidianità riprese lentamente il suo corso.

Anni dopo, un giorno, giocando a golf, Maria Sole si procurò una distorsione lombare che la indusse ad assecondare il consiglio del suo ortopedico: frequentare una palestra.

Così conobbe Carlotta, una donna in carriera, che la prese sotto la sua ala protettrice e la presentò alle sue amiche Andreina e Gloria. La accolsero nel loro trio e nacque il quartetto delle amiche del giovedì sera.

Non si incontravano per fare pettegolezzi, per andare in giro a fare acquisti o a raccogliere fondi per eventi benefici. Stavano insieme per il piacere di ascoltare ognuna le storie dell'altra, per aiutarsi a vicenda nei momenti di difficoltà.

Per Maria Sole diventarono le sorelle che non aveva avuto e con cui esprimersi senza temere di essere giudicata.

Tuttavia a nessuna di loro aveva parlato di Filippo.

C'era voluto molto tempo per elaborare il lutto e superarlo. Finalmente adesso poteva raccontare la storia del fratello con serenità.

# *Oggi*

# 1

VENNE la Vigilia di Natale.

Alle sette del mattino, Andreina si svegliò con un senso di benessere dopo una notte di sonno tranquillo. Si stiracchiò come un gatto e si sorprese a sorridere mentre si accarezzava il grembo, pensando al bambino che le cresceva dentro. Subito dopo, smise di sorridere, perché ritornò imperioso il bisogno di avere Bill accanto a sé.

Mentre scendeva dal letto, sussurrò: «Verrà mai il giorno in cui smetterò di desiderarti?»

Si infilò la vestaglia bianca di pile e dischiuse la porta della camera di Maria Sole.

L'amica e il suo bambino dormivano.

Lei andò in bagno a lavarsi, poi si vestì e scese al pianterreno per fare colazione.

Angelina stava disponendo su un vassoio il miele, la marmellata e il burro.

«Com'è andata questa notte?» le domandò.

«Io ho dormito benissimo. Maria Sole e il bambino sono ancora nel mondo dei sogni.»

«Questa pace non durerà a lungo. Ora preparo la tavola sulla veranda e poi vado a prendere Michele», disse la donna.

«Se posso, farei colazione qui, in cucina», propose, versando in un bicchiere la spremuta di arance.

«Come preferisce», rispose Angelina e la lasciò sola.

Andreina sedette al tavolo e, mentre imburrava una fetta di pane croccante, si guardò intorno.

Quella grande stanza aveva un'impronta ottocentesca, con i mobili di legno laccati color avorio, la rastrelliera a parete su cui erano appesi i tegami di rame splendenti che Angelina lucidava con l'aceto, e il lavello a due vasche in marmo bianco di Carrara. La sola nota stonata erano gli elettrodomestici moderni: la piastra a induzione per cuocere gli alimenti, il frigorifero monumentale e il congelatore, la lavastoviglie di ultima generazione e la cappa aspirante a turboelica che eliminava qualsiasi odore di cibo.

Le tornò in mente la cucina nella casa dei suoi zii, a Porto Cesareo. Era una specie di antro buio con una branda in un angolo dove aveva trascorso le sue notti di bambina sola, perché la mamma, dopo averla affidata alla famiglia di suo fratello, si era trasferita a Milano a lavorare come domestica, per assicurarle un futuro migliore, ma il disprezzo del paese e dei parenti che la chiamavano «bastarda», perché non aveva un padre, l'aveva segnata profondamente.

Per reagire a questa umiliazione, si era costruita una corazza impermeabile alle emozioni e refrattaria agli affetti.

Quando sua madre l'aveva portata con sé a Milano, nella bellissima casa ereditata dai suoi datori di lavoro, Andreina aveva ormai concluso il liceo e si era iscritta all'università.

A Milano aveva conosciuto Carlotta che era stata la sua prima vera amica, sebbene fosse molto più grande di lei, ed era stata quella che, per prima, aveva aperto uno squarcio nelle sue difese.

Tuttavia c'erano voluti alcuni anni prima di riuscire ad abbandonarsi a un sentimento tanto coinvolgente come l'amore. La sorte, però, l'aveva spinta tra le braccia di Bill Foster, un uomo meraviglioso e molto sposato, purtroppo.

«Non te lo leverai mai dal cuore. È bene che tu lo sappia», disse una voce alle sue spalle.

Andreina si voltò a guardare Maria Sole che era entrata in cucina.

«E invece di fare colazione, piangi», concluse l'amica.

«Mi rimproveri per questo?» sussurrò lei, asciugandosi una lacrima.

«Ti comunico che stai trasmettendo la tua sofferenza a quell'esserino che hai nella pancia», proseguì Maria Sole, sedendosi accanto a lei.

«Davvero?» si stupì Andreina.

«Non lo sai che il tuo piccolo vive in simbiosi con te? Lui assorbe tutto: la gioia e il dolore, l'allegria e la tristezza. Con il mio Michele sono stata fortunata, perché il colpo che mi ha inferto Mariano è arrivato quando lui era già nato. Credimi, Andreina, tu ami tuo figlio e adesso devi vivere per lui, e trasmettergli la serenità. Hai chiuso per sempre con Bill. Consolati sapendo che il tuo bambino deve la sua vita a una bella storia d'amore.»

«Quando mio figlio sarà nato, occuperà tutti i miei pensieri e smetterò di desiderare suo padre.»

«Mi dispiace vederti soffrire, ma so molto bene che la voce del cuore non si accorda con quella della ragione. Neppure io sono allegra, se penso al disastro del mio matrimonio», replicò Maria Sole, con un senso di pena. Prese a sorseggiare la spremuta di arance e proseguì: «Tu, se non altro, hai conosciuto il piacere di fare sesso. Io, invece...»

«Eppure, mi sento in vena di pronostici positivi, sia per te sia per me», azzardò Andreina.

«Dimmi il mio», sorrise Maria Sole.

Nello sguardo dell'amica spuntò un sorriso malizioso, mentre sussurrava: «Non posso. È un pronostico così audace che non oso svelarlo».

«Non fare la scema e dimmi che mi aspettano anni di sesso scatenato.»

«Proprio così», annuì Andreina.

«Che bello! E, con chi, di grazia?» le chiese.

«Questo non posso dirlo ma, come sai, accadono più cose in un secondo che nell'intero arco di una vita. Il nuovo anno sarà molto, ma proprio molto importante per il tuo futuro. Te lo dico seriamente, perché sento che sarà così.»

A quel punto, Maria Sole guardò nel vuoto con occhi sognanti e la spronò: «Dimmi che altro presagisci con le tue arti di maga. Ti prego, ho bisogno di pronostici meravigliosi».

Angelina intanto tornò con il piccolo Michele, che agitava le braccia ed emetteva gridolini di contentezza.

«Questo signorino è stato lavato e nutrito. Adesso ha voglia di giocare», annunciò la donna.

«Ti sei accorta che sta mettendo i dentini?» domandò Maria Sole.

«Li ho già visti affacciarsi dalle gengive. Il prossimo Natale sarà pronto per mangiare il torrone», affermò la donna.

Il bambino vide sua madre e le tese le braccia sorridendo. Lei lo prese e se lo mise in grembo.

«Io rassetto le vostre camere e dopo sarò tutta per lui, così siete libere di fare quello che volete», programmò la donna, uscendo dalla cucina.

«Noi che cosa facciamo?» domandò Andreina.

«Alberto va a Genova per un brindisi di Natale con i suoi collaboratori. Ieri sera mi ha chiesto se avevo voglia di vedere i suoi uffici. Possiamo andare con lui», propose l'amica.

«Preferisco isolarmi nella veranda e sbrigare un po' di lavoro, perché ho visto una quantità paurosa di mail nella mia posta», disse Andreina.

«Quando torno da Genova mettiamo i doni sotto l'albero e, questa sera, potremmo fare tra noi una piccola festa per la Vigilia», propose Maria Sole.

«Invitiamo anche Alberto e sua madre?» chiese Andreina.

«Se il tuo chef stellato ci manderà il pranzo di Natale.»

«Abbi fede. Marco mantiene sempre le sue promesse.»

Andreina salì nella sua camera per recuperare il computer e il tablet.

Dalla finestra che dava sul giardino, vide Maria Sole e Alberto uscire insieme dalla villa e dirigersi verso il garage. Formavano una bella coppia.

# 2

«La scorsa notte il mio cucciolo è stato incredibilmente bravo. Dopo la poppata serale, ha dormito fino alle sette di questa mattina. Non era mai successo prima d'ora», raccontò Maria Sole.

«L'aria di Paraggi gli fa bene. Dovresti venire qui più spesso», disse Alberto.

«Potrei anche passarci tutto l'inverno, perché Angelina è una tata straordinaria.»

«La mamma si è sempre rammaricata di non aver potuto avere altri figli dopo di me. I bambini le piacciono e le hai fatto un favore ad affidarle il tuo Michele in questi giorni.»

«Magari potresti darle un nipotino. Non ce l'hai una compagna?»

«Più d'una», disse Alberto con un sorriso.

«Cioè nessuna», replicò Maria Sole.

«Non sono ancora riuscito a trovare una donna che mi sopporti.»

Sulla tangenziale di Genova il traffico procedeva a rilento e favoriva lo scambio di confidenze tra i due amici.

«Sai, ieri sera, forse perché mio figlio era particolarmente tranquillo, mi sono ritrovata a ripercorrere gli anni della mia infanzia, a Paraggi. Per tanto tempo avevo soffocato il ricordo di mio fratello, perché era troppo doloroso. La nonna è morta di crepacuore per la sua fine. I miei genitori non sono più stati quelli di prima e io... non so se la mia vita sarebbe stata migliore se lui fosse vissuto. Certamente, adesso è uno schifo. Mi rimane la consolazione del bambino e il sostegno prezioso delle amiche.»

«Poteva andarti peggio. Dopotutto, Mariano è un ragazzo dolcissimo e ti vuole sinceramente bene. Ricordo il periodo drammatico dopo la morte di Filippo, e con quanto affetto lui ti è rimasto accanto.»

«Peccato che gli piacciano gli uomini. Ha un fidanzato, lo sai?»

Alberto staccò una mano dal volante per circondarle le spalle attirandola a sé. Sorrise e sussurrò: «Prima o poi, anche tu avrai un fidanzato vero».

«Hai un buon profumo, Alberto», disse lei.

Lui arrossì imbarazzato e annunciò: «Siamo arrivati in via XX Settembre. La mia agenzia è in quel palazzo d'angolo».

Le indicò un edificio signorile del Novecento. Entrò con l'auto nel cortile, la posteggiò e poi si infilarono in un vecchio ascensore che saliva lentamente.

Maria Sole gli sorrise e ripeté: «Non mi ero mai accorta prima d'ora che tu avessi un profumo così buono».

Alberto accostò il viso al suo collo e sussurrò: «Tu sai di latte e borotalco».

Ora fu lei ad arrossire, perché il respiro lieve di Alberto sul suo collo le aveva trasmesso una sensazione molto piacevole. Non sapeva come interpretare quel gesto, che poteva attribuire alla confidenza fraterna che esisteva da sempre tra loro, ma poteva anche essere il preludio a un'attrazione di altro genere. Allora reagì con una risatina imbarazzata e domandò: «Ci stai provando?»

«Tu che cosa pensi?» domandò lui a sua volta.

Maria Sole tacque. Si sorrisero guardandosi negli occhi.

L'ascensore si fermò su un ballatoio al terzo piano del palazzo. Da una porta spalancata su un ingresso illuminato e addobbato a festa, venivano suoni di voci e di risate. Alberto la prese per mano e disse: «Allora, forza ragazzina, entriamo. Lascia che ti mostri il mio regno e ti presenti le persone con cui lavoro».

Maria Sole si ritrovò in un grande open space animato dai suoi giovani collaboratori, che li salutarono festosi. Alberto la guidò verso il suo ufficio facendo lo slalom tra scrivanie coperte di carte e di bozzetti colorati, selve di manifesti, gadget di ogni genere, stereo e proiettori di filmati, computer e vassoi di pasticcini, bottiglie di spumante e pacchetti regalo.

L'ufficio di Alberto era meno caotico, ma anche lì non mancavano vistose note di colore. Abituata all'austerità degli uffici di suo padre, domandò: «Come puoi lavorare in questa confusione?»

«Il nostro mestiere consiste nell'inventare slogan e immagini per la pubblicità, per colpire e conquistare l'attenzione del pubblico. È quasi un gioco e, se si lavora bene, si ottengono buoni risultati», spiegò lui.

In quel momento fece capolino una donna giovane, bruna, con un trucco da dark-lady, camicia di taglio maschile e pantaloni sostenuti da bretelle elastiche.

«Ti stanno aspettando in sala riunioni per stappare le bottiglie», disse, rivolgendosi ad Alberto.

«Ti presento Felicita Granzotto, la mia preziosa assistente», rispose lui rivolgendosi a Maria Sole, che le tese la mano.

«Ciao. Vieni anche tu, perché dobbiamo festeggiare un anno di grandi risultati», la invitò lei quasi stritolandole la mano e soggiunse: «Tu hai l'aria della milanese di serie A. Che ci fai con questo scaricatore di porto?»

Maria Sole si massaggiò la mano intorpidita dalla sua stretta e replicò divertita: «Quanto allo scaricatore di porto, credo che tra voi due sia una bella gara!»

«Ti è andata male, Felicita. Speravi di impressionare la milanese, ma non ci sei riuscita», disse Alberto, sorridendo.

Prese sottobraccio le due donne e si avviò con loro verso la sala dove lo aspettavano i suoi ragazzi.

Maria Sole credeva che si sarebbe sentita a disagio in quell'ambiente insolito, invece si divertì, fino a quando nella sala fece la sua comparsa una donna non bellissima, molto sofisticata, dallo sguardo volitivo e glaciale.

La inquadrò nella categoria delle creature egoiste e scaltre, capaci di eliminare, con il sorriso sulle labbra, chiunque gli fosse d'ostacolo.

La donna andò dritta verso Alberto, lasciando dietro di sé una scia di profumo intenso, e gli stampò un bacio sulla guancia, cinguettando: «Vengo adesso da Forte dei Marmi. Ho visto le luci accese nel tuo studio e ho fatto fermare l'autista per salire a congratularmi: ho visionato in anteprima gli spot della nostra campagna televisiva e devo dire che sono bellissimi!»

«Aspettiamo i riscontri, dopo che saranno andati in onda. E, comunque, è frutto del lavoro di tutti noi», minimizzò lui.

«Sei tu il genio creativo», affermò, sicura, la donna.

Subito dopo spostò lo sguardo su Maria Sole, che era accanto ad Alberto, e domandò gelida: «E lei...?» come se avesse visto un oggetto fuori posto.

«È un'amica storica molto cara», spiegò Alberto, mentre Maria Sole si defilava.

Felicita Granzotto, che aveva assistito alla scena, la raggiunse offrendole un bicchiere di spumante e la informò: «Quella è Bona Berisi. Suo marito è il ras degli spedizionieri genovesi. Lei si crede imparentata con il Padreterno ed è stata per mesi un elemento di disturbo, perché si intrometteva nel nostro lavoro. Il fatto è che ha puntato Alberto e vuole portarselo a letto».

«Perché mi racconti tutto questo?»

«Perché mi sei simpatica, mentre quella stronza mi sta sullo stomaco. Ma il cliente ha sempre ragione e il Berisi è uno dei nostri committenti migliori. Quindi, dobbiamo sopportarla.»

«Io l'ho già vista da qualche parte», sussurrò Maria Sole, in preda a una sensazione sgradevole.

# 3

«SEI silenziosa», osservò Alberto, mentre percorrevano l'autostrada sulla via del ritorno verso Villa Sans-souci.

«Mi manca il mio bambino», confessò lei.

«Se va tutto bene, arriveremo tra mezz'ora», la tranquillizzò.

«Non mi avevi detto di avere un business così importante.»

«Nel mio mestiere, si fa fatica per emergere e in un attimo si può crollare e perdere tutto.»

«A te non succederà, perché hai una squadra formidabile.»

«Mi dispiace che, a sorpresa, sia arrivata la Berisi, una rompiscatole che dobbiamo tollerare perché il marito è un cliente importante. È una di quelle donne che ha tutto, ma nel cuore non ha nulla. Quando si annoia diventa pericolosa, perché è perfida.»

«Sai, Alberto, io credo di averla già vista da qualche parte... non ricordo dove, non ricordo quando... È amica di Camilla Cattaneo?» domandò Maria Sole, con voce esitante.

«La Cattaneo... altro brutto nome da ricordare. Non lo so...» replicò lui, pensoso.

«Ma certo! Pont-Saint-Martin... al bar... l'estate della tragedia», esclamò lei. Un nodo doloroso le serrò la gola e si sciolse in pianto.

Erano in prossimità di un'area di servizio in cui Alberto entrò e posteggiò l'auto. Si voltò verso Maria Sole, la abbracciò e la tenne stretta a sé mentre lei singhiozzava.

Lui prese ad accarezzarle il capo, aspettando che quella crisi passasse.

Sussurrò: «Mi dispiace tanto, piccolina. Volevo che fosse, per tutti e due, una bella Vigilia di svago. È colpa mia, perdonami».

«Di che cosa ti devo perdonare? Tu non c'entri», rispose Maria Sole, afferrando il fazzoletto che Alberto le porse e asciugandosi gli occhi.

«Non ti avevo mai detto di sapere che Camilla avrebbe lasciato mio fratello, perché pochi giorni prima della tragedia avevo ascoltato una conversazione squallida fra due donne disgustose, ma non ho avuto il coraggio di riferirlo a Filippo», proseguì e gli raccontò il dialogo tra Camilla e Bona Berisi. «Se glielo avessi raccontato, forse lui non si sarebbe ucciso», concluse.

Alberto lasciò trascorrere alcuni istanti e poi ragionò: «Filippo era un ragazzo fragile e aveva paura di affrontare la vita. Se non si fosse ucciso allora, magari lo avrebbe fatto in seguito, per qualche altra ragione».

«Non ti credo», si ribellò lei.

Alberto la guardò negli occhi e soggiunse: «Perdonami. Non volevo fare il processo a tuo fratello. È stato il mio amico più caro e io gli ho voluto e gli voglio ancora molto bene».

«Ti ricordi quando cercavo di intrufolarmi fra te e lui per giocare con voi? Mi dicevate di andarmene perché ero piccola, mentre voi due eravate grandi», gli ricordò, sorridendo.

«Tu eri incredibilmente simpatica e carina. Avevi sette, otto anni. Noi ne avevamo dodici, tredici.»

«Filippo detestava l'amico di mamma, quello scrittore genovese tronfio come un ranocchio... e la segretaria di papà, così ridicola nel ruolo di amante del padrone. I miei genitori non si amavano, ma si ostinavano a vivere insieme per abitudine e per conservare l'immagine irreprensibile della famiglia nel nome della rispettabilità. Sono convinti che ci si sposi per dovere e si abbia l'amante per piacere, purché la relazione non susciti scandalo. Io credo che, se avessi accettato Mariano per quello che è e mi fossi trovata un amante, non avrebbero avuto nulla da eccepire, ma non riesco a condividere questa mentalità», spiegò Maria Sole.

«Non l'accettavi neppure da bambina», osservò Alberto.

«Allora non capivo niente.»

«Invece capivi tutto, anche se non riuscivi a dare un nome al tuo disagio», la corresse.

«Ero una bambina felice.»

«Una bambina felice non si butta in mare in pieno inverno, durante una mareggiata, mettendo a repentaglio anche la vita del suo amichetto più caro che tentava di fermarla. Sareste morti entrambi se...» non finì la frase, limitandosi a scuotere il capo.

«Se tu non ci avessi salvato. Ti dobbiamo la vita. Eri un ragazzo solido e sei ancora una bella persona», sussurrò.

«Lo sei anche tu, Maria Sole. Saresti potuta diventare una Camilla o una Bona, e invece sei una creatura solare, come il nome che porti», disse Alberto, dandole una carezza.

«Credo che il merito sia delle mie amiche. Andreina, Gloria, Carlotta mi hanno insegnato a guardare la realtà, a essere sincera soprattutto con me stessa. Comunque adesso sono in un periodo schifoso», confessò lei.

«Prova a fare come gli animali: rimani immobile e aspetta che lo schifo si allontani. Nel frattempo hai un figlio che ha bisogno di te», tentò di rincuorarla regalandole un sorriso.

«Lo so», sussurrò Maria Sole.

Suonò il cellulare. Lo pescò dalla borsetta e vide il nome di Andreina.

«Oddio, che cosa succede?» si allarmò.

«Voglio sapere da te che cosa succede. Dovevi rincasare per l'una e sono le tre», rispose l'amica.

«Non ce ne siamo accorti, stavamo parlando e... Arriviamo di corsa», disse all'amica e aggiunse: «Come sta la mia belva?»

«Michele sta bene ed è buonissimo. Me lo sto coccolando io, mentre Angelina traffica intorno ai fornelli. Vi aspettiamo», la salutò Andreina, prima di chiudere la comunicazione.

«Non mi ero reso conto neppure io che fosse così tardi», si scusò Alberto.

«E devo ancora andare dal parroco a portare i doni per i bambini del paese», si agitò lei.

Aveva portato da Milano una quantità di pacchettini che contenevano dolcetti, matite colorate, libri e piccoli giochi che il parroco avrebbe collocato in un cesto, accanto al presepe, per distribuirli ai bambini del paese dopo la messa di Natale.

Lei e Alberto si guardarono e si sorrisero. Lui riavviò l'auto e uscirono dall'area di servizio.

Maria Sole stava riponendo il cellulare nella borsa quando vide comparire un messaggio di Carlotta: «Per te e Andreina è tutto ok? Io sto andando a Monza da mia madre. Vorrei ricomporre tutta la famiglia e non sarà un'impresa facile. A voi due e al piccolo Michele, tanti baci natalizi».

# 4

Carlotta parcheggiò l'auto in via Zucchi, di fronte al palazzo in cui viveva Ermellina, sua madre.

Davanti al portone spalancato, il postino stava consegnando la corrispondenza alla custode, che vide una bella signora alta, bionda, elegantissima, emergere da una Volvo argentata e la riconobbe. Congedò il postino e le andò incontro.

«Buongiorno, avvocatessa. Posso esserle utile?» le domandò.

«Grazie, avrei bisogno che mi aiutasse a scaricare tutta questa mercanzia», rispose Carlotta, mentre apriva il baule dell'auto stipato di pacchetti e scatoloni.

«Lo fate qui il Natale?» chiese la custode.

«Solamente la Vigilia. Domani pranziamo da mia

sorella», spiegò Carlotta, mentre si avviavano verso l'ascensore.

Quando arrivarono al secondo piano, Ermellina era sulla porta di casa.

«Ti ho vista arrivare dalla finestra», la accolse la madre, abbracciandola. Si fece da parte per far entrare la figlia e la custode, che depositarono i regali nel soggiorno.

La donna stava per andarsene, dopo aver scambiato alcune parole con Ermellina. Carlotta la accompagnò alla porta e le consegnò una busta.

«Guardi che sua madre mi ha già dato il buon Natale», la informò.

«Ma questo è da parte mia. So quanto lei sia preziosa per la mia mamma», replicò con un sorriso riconoscente.

Nel soggiorno, davanti alla porta-finestra che dava sulla strada, c'era un abete festoso costellato di lucine colorate.

«Hai fatto tu l'albero?» chiese stupita.

«L'ha fatto tua sorella. Sai bene che non ho tempo per queste cose», rispose.

Carlotta le andò vicino e le diede una carezza, sussurrando: «Mammina, sei irrecuperabile. So già che il giorno in cui si presentasse alla porta la donna con la falce, che tutti temiamo, tu le chiuderesti l'uscio in faccia, dicendole che non hai tempo per andarle appresso».

«Esagerata!» replicò la donna, con un sorriso.

«E dai! Fatti una bella risata», la spronò sua figlia.

«Non ho tempo, devo preparare la tavola per questa sera», rispose ridendo.

«Ti aiuto io», decise Carlotta, liberandosi del cappotto. Sostituì anche gli stivaletti di camoscio nero con un paio di babbucce di lana che aveva nella borsa.

«Eccomi, sono pronta», annunciò.

«I piatti inglesi o i Ginori?» domandò Ermellina, davanti alle ante spalancate di una vecchia étagère dov'erano impilati i servizi che non usava mai.

«I Ginori, mamma. Quelli bianchi e oro. No, aspetta, non quella tovaglia. Ne ho portata io una rossa. Se guardi nei pacchi, ci sono anche i porta-candela dorati. Facciamo tutto rosso e oro. Diamo un po' di colore a questa casa troppo severa. Dopotutto è Natale e ci sono anche i bambini.»

«Sono stata bambina anch'io. E anche tu. Siamo diventate grandi senza bisogno di tutta questa messinscena.»

«Appunto. A me sono mancate e adesso voglio recuperare. Ti dispiace?»

«Che cosa vuoi recuperare a quaranta e passa anni?» brontolò Ermellina.

«Sono quarantacinque, mamma», precisò Carlotta.

«Appunto, sei quasi pronta per la menopausa.»

Carlotta la fronteggiò guardandola con severità e sbottò: «Mi dici che cosa ti ha fatto di male la vita per essere sempre così acida?»

«A me niente. A te e a tua sorella vi ha dato alla testa. Tu fai la donna di successo, con l'appartamento in piazzetta Duse, tua sorella fa la moglie di un ricco commerciante e vive in una grande villa a San Maurizio al Lambro», sibilò la madre.

Carlotta sedette al tavolo, si prese il volto tra le mani e bisbigliò: «Torno a chiedermi che cosa ti ha fatto di male la vita per essere così respingente. Sono venuta da te, armata delle intenzioni migliori. Volevo che questo fosse un bel Natale da trascorrere in armonia tutti quanti insieme. Volevo recuperare la mia famiglia, le mie radici, i miei affetti. Adesso, la sola cosa che desidero è tornarmene a casa mia».

Scese il silenzio nella stanza. In un angolo c'era un manichino su cui era infilato un abito in crespo di seta verde smeraldo. Dopo un tempo infinito,

Ermellina sussurrò: «Mi dispiace, Carlotta. Ti chiedo scusa, non volevo offenderti né ferirti. So che hai fatto e continui a fare tanto per me. So di avere un pessimo carattere, però non riesco a essere diversa. Io ti voglio bene, ma mi vergogno a dirlo, perché mi sembra di fare la sentimentale».

Carlotta si alzò, le andò vicino e le disse: «Ti ricordi, mamma, quando Patrizia e io eravamo bambine? Lei andava ancora all'asilo, io facevo la prima o la seconda elementare. Il pomeriggio, qualche volta, mi portavi con te quando andavi a casa di qualche cliente per la prova di un abito che stavi cucendo. Mi ricordo la signora Taverna, che stava al primo piano di quel bel palazzo in piazza del Duomo. Un appartamento che occupava l'intero piano, bellissimo, con tanti tappeti, divani e un grande camino. C'era un buon profumo di fiori e legna scoppiettante. La signora Taverna era una donna dolce, sempre sorridente. Indossava l'abito che tu stavi cucendo per lei, mi offriva un cioccolatino e mi domandava: 'Dimmi come mi sta questo vestito'. La guardavo ammirata e rispondevo: 'Benissimo!'

«Mentre tu correggevi con gli spilli una piega, un orlo, io pensavo: In questa casa c'è la felicità. Quando tornavo a casa nostra, mi prendeva una tristezza infinita. Tu non parlavi mai, papà taceva...»

«Che cosa avrei dovuto fare?» domandò Ermellina in un soffio.

«Ascoltarmi, parlarmi, dirmi che mi volevi bene, come hai fatto adesso.»

La donna le sorrise quasi con timidezza e ripeté: «Perdonami».

«Io avevo dei sogni, mamma. Sognavo genitori amorevoli, canti e risate», bisbigliò Carlotta.

«Ognuno di noi ha i suoi sogni. Li avevo anch'io. Volevo essere una grande sarta... non ce l'ho fatta e ho smesso di sognare da tanto tempo. Ti ho fatto un vestito, quello verde che vedi sul manichino. È il mio regalo di Natale per te. Ne ho fatto uno anche per Patrizia. Il suo è color turchese. Gliel'ho già dato.»

«Ma non ho fatto nessuna prova!» osservò Carlotta.

«Le misure delle mie figlie le so a memoria. Tu indossalo e vedrai che ti andrà a pennello.»

«Grazie, mamma. E, anche se so che queste smancerie ti mettono in imbarazzo, ti do un bacio», disse e l'abbracciò.

Fu una cena allegra, seguita dallo scambio dei doni. Rinunciarono alla messa di mezzanotte, perché i bambini crollarono in un sonno profondo sul letto della nonna.

A mezzanotte Carlotta era in bagno a prepararsi per andare a letto e comparve sul cellulare un messaggio di Gianni che chiedeva: «Posso chiamarti?»

# 5

«Ciao, Carlotta», esordì il chirurgo plastico quando lei lo richiamò. «Sei dalla tua mamma?» le chiese.

«Sì, rimango da lei fino a Capodanno. E tu?» domandò lei.

«Sono a casa mia. Nel pomeriggio mi hanno consegnato il letto. Ho un bagno funzionante e la cucina arredata. Il resto arriverà a gennaio. I miei due figli sono venuti qui a darmi una mano. Abbiamo cenato in cucina, con i piatti e le posate di plastica. È stata una bella Vigilia, non era mai successo che stessimo così bene insieme. Ormai sono uomini. Sai, Battista farà la maturità quest'anno e Tommaso è al secondo anno di medicina e si dice intenzionato a prendere la mia specialità. Pensa, Carlotta, mi ha chiesto se può venire da me a studiare. Avevo temuto che si sarebbero schierati dalla parte della madre e non volessero più vedermi.»

«Evidentemente sei un buon padre», ragionò lei.

«Basta parlare di me. Voglio sapere come stai tu.»

«Quest'anno si chiude con tanti cambiamenti, non per me solamente. Se saranno positivi lo sapremo in seguito.»

«Ho voglia di vederti, di andare in giro con te, mano nella mano, per le vie della città che, finalmente, ritorneranno a essere vivibili, dopo il grande caos natalizio.»

«Per ora voglio stare con i miei, perché ho bisogno di loro più di quanto loro abbiano bisogno di me.»

Si salutarono e Carlotta si coricò nel letto di quando era ragazza e, quella notte, dormì profondamente.

La svegliò al mattino il chiasso dei nipotini, felici di aver trascorso una notte in casa della nonna.

Si infilò una vestaglia e andò nel soggiorno. I suoi nipoti, accucciati sul pavimento, giocavano con la PlayStation che lei gli aveva regalato. Li lasciò fare e andò in cucina.

Sua madre aveva già rigovernato il caos della sera precedente, la lavastoviglie era ancora in azione e lei si era seduta al tavolo a sorseggiare il caffè. Vide la figlia e le domandò: «L'ho appena fatto. Ne vuoi una tazza anche tu?»

Carlotta sedette al tavolo di fronte a lei e constatò: «Tu sei stanca».

«I due disgraziati mi hanno presa a calci per tutta la notte. Non stanno fermi neppure un attimo. E io non sono abituata ad avere qualcuno nel mio letto», brontolò.

«Tu non hai mai voluto avere qualcuno nel tuo letto. Neppure tuo marito», si lasciò sfuggire Carlotta.

«Ricominci?» reagì Ermellina.

«Assolutamente no. Mi occupo io dei ragazzini. Vuoi provare, adesso, a riposare un po'?»

«Voglio andare a messa. Non ci sono andata questa notte e devo recuperare.»

«Questa è una novità. Quando Patrizia e io eravamo bambine, andavamo in chiesa con papà, perché tu dovevi lavorare, anche a Natale. Che cosa ti succede?»

«Ti ho detto che devo recuperare.»

«Io, invece, dico che tu non stai proprio bene. Cosa ti preoccupa?»

«Sono vecchia e ho deciso di ingraziarmi un po' il buon Dio, perché non si sa mai.»

«Già! Metti che ti presenti in Paradiso e il Signore ti dica: 'Ermellina, tu non hai mai santificato le feste, quindi non posso lasciarti passare. Devi andare all'Inferno'. È di questo che hai paura?»

«Non si sa mai. Nessuno è mai tornato indietro dall'aldilà per raccontare quello che succede.»

«Però è meglio premunirsi», disse Carlotta che si stava divertendo.

Dal soggiorno arrivavano le grida infantili dei due fratelli impegnati ad aggiudicarsi la vittoria al gioco.

«Bella forza, tu sei più grande», diceva uno.

«Sei tu che sei imbranato!» replicava l'altro.

«Non ho voglia di morire», confessò Ermellina.

«Mamma, per favore, hai appena settant'anni e vivrai fino ai cento. È la mattina di Natale e tu ti metti a parlare della morte. Oggi è la festa della vita, è nato Gesù bambino. Vogliamo stare un po' allegri?»

Suonò il telefono di casa. Ermellina aveva un unico apparecchio, in anticamera, e andò a rispondere.

Carlotta ne approfittò per lavare le tazzine del caffè. Sentì quello che diceva sua madre e capì che stava parlando con Patrizia: «Sì, i bambini stanno bene. Veniamo da voi a mezzogiorno. Però voglio rientrare presto, perché so già che sarò molto stanca».

Lei scosse il capo sconsolata e si rifugiò nel bagno per lavarsi. Quando si ripresentò nel soggiorno, indossava l'abito verde smeraldo cucito dalla mamma.

«Zia, come sei bella!» esclamò il nipotino più grande, vedendola comparire.

«Sembri una di quelle attrici che si vedono in tivù», commentò il più piccolo.

«Grazie e buon Natale», li salutò lei abbracciandoli. E soggiunse: «La nonna dov'è?»

«È andata a messa», risposero in coro.

«Avete fatto colazione?»

«No, perché non ci sono i Kellogg's», disse il piccolo.

«Allora mettiamoci i cappotti e usciamo anche noi. Andiamo al bar, quello bello sotto i portici della piazza, e ci beviamo una cioccolata calda. Vi piace?»

Al tavolino del bar, gremito di gente vestita a festa, i due bambini notarono gli sguardi ammirati della gente appuntati sulla zia, che leggeva sul suo cellulare i messaggi che le stavano arrivando.

«Zia, perché la gente ti guarda?» domandò il piccolo.

«Perché non ha niente di meglio da fare», rispose sbrigativamente lei, chiudendo il cellulare. Poi si rivolse a entrambi e domandò: «Che ne direste se, nel pomeriggio, andassimo a trovare il nonno?»

«Il nonno Luigi è simpatico, però la nonna Ermellina non vuole vederlo e allora non si può fare», la informò il grande.

«Oppure, dopo mangiato, potremmo telefonargli e chiedergli di venire a casa vostra. Così la nonna sarà costretta a incontrarlo», insinuò Carlotta.

«Stiamo pianificando un complotto?» domandò il bambino.

«Più o meno. Se vi piace l'idea, dovreste essere voi a lanciarla mentre siamo a tavola. Perché se la propongo io...» disse Carlotta.

«La nonna si arrabbia», concluse il più piccolo.

Ma Ermellina non si arrabbiò. Si limitò a dire: «Se viene lui, me ne vado io. Tanto più che sono quasi le tre e io ho voglia di tornare a casa».

Le due sorelle si scambiarono uno sguardo eloquente, mentre Patrizia sussurrava: «Papà non ti ha mai fatto del male».

«E chi ha detto questo? Solo che quello che è stato è stato, e io ci ho messo una pietra sopra», replicò severa.

«È anche nostro padre ed è il nonno di questi bambini. Magari a tutti noi farebbe piacere vederlo», osservò Carlotta.

«Ognuno è libero di fare quello che vuole. Io torno a casa mia», tagliò corto lei.

Carlotta aiutò la sorella a sparecchiare e, quando furono sole, Patrizia le disse: «E tu vuoi ricucire i rapporti. Mamma non cambierà mai».

«Scommettiamo? Oggi è andata così, la prossima volta andrà meglio. Se non altro, è riuscita a dirmi che mi vuole bene. Adesso ha paura di morire», le sussurrò Carlotta.

«Ma se sta benissimo!» obiettò Patrizia.

«Infatti», rispose lei e il pensiero volò al padre di Gloria. Lui aveva rischiato davvero di morire, e soltanto la professionalità dei medici lo aveva salvato.

# 6

«IERI mattina, prima che entrasse in sala operatoria, papà era lievemente sedato. Io tenevo la sua mano nella mia e lui mi ha detto: 'Ti voglio bene', come se fosse un messaggio che voleva lasciarmi in ricordo di sé, una specie di testamento riassunto in tre semplici parole.

«Ora lo vedo dietro questo vetro, imprigionato da cannule che drenano e alimentano, da monitor che registrano la pressione sanguigna, i battiti del cuore e non so che altro.

«È la mattina di Natale, ma lui non lo sa. Non sa di essere in questa stanza che sembra un'astronave e che io lo sto guardando. Non sa che ci sono una moglie e due figli che vivono ore d'ansia aspettando il suo risveglio.

«Ma perché le sto raccontando tutto questo, dottore?» concluse Gloria.

Il dottor Bruno Arconati, il medico che, per primo, aveva visitato suo padre al pronto soccorso e formulato la diagnosi di un serio problema cardiaco, la ascoltò con attenzione, annuì e replicò: «Signora, lei ha dato voce alle riflessioni di ognuno di noi, quando una persona cara attraversa un momento difficile come questo. Ma, come già le ha detto il professor Bartorelli, suo padre si rimetterà in sesto in tempi brevissimi, il cuore non gli darà altri problemi e vivrà a lungo».

Gloria osservò per la prima volta quel medico giovane che, con le parole, la gestualità e il sorriso le trasmetteva una sensazione piacevole di sicurezza, di serenità. Come il professor Bartorelli, era specializzato in chirurgia e aveva affiancato il primario durante l'intervento.

«Lei mi ha rassicurata da subito e io sono una rompiscatole», sussurrò Gloria, riconoscente.

Sentì la vibrazione di un cellulare, il medico lo estrasse dalla tasca, guardò il display e le disse: «Mi scusi, la famiglia mi reclama». Rispose alla chiamata e sussurrò: «Dominique, lo so, sono in ritardo. Sono ancora in ospedale, ma giuro che arrivo per l'ora di pranzo».

Chiuse la comunicazione e spiegò: «Mia sorella mi sollecita per il pranzo di Natale».

«Sua sorella è Dominique Arconati?» domandò Gloria, stupita.

«Proprio così. La conosce?»

«Siamo state compagne d'università. Ci siamo laureate lo stesso giorno e, per qualche tempo, abbiamo continuato a vederci. Poi lei è andata negli Stati Uniti e ci siamo perse di vista, ma durante gli anni di studio ci siamo frequentate anche fuori dalle aule universitarie. E, ora ricordo, in un paio di occasioni noi due ci eravamo incontrati», spiegò con entusiasmo.

«Ma certo! Ora ricordo anch'io: tu sei Gloria e avevi un fidanzato storico che ti amava moltissimo, a detta di Dominique. Lo hai sposato?»

«Non proprio, ma è come se. Lo hai incontrato la sera del ricovero di papà.»

«Complimenti! Nei secoli fedeli, come i carabinieri», scherzò il medico.

«E tu?» domandò Gloria.

«Io, che cosa?»

«Hai una moglie, una compagna...»

«Ci ho provato una volta, dieci anni fa. Dopo due anni di matrimonio, mia moglie ha chiesto il divorzio, accusandomi di avere un'amante che prendeva tutto il mio tempo.»

«Era vero?»

«È vero. La mia amante è l'ospedale. Oggi è Natale, non sono di turno, ma non ho potuto resistere al bisogno di fare il giro dei miei pazienti. Adesso la famiglia mi reclama e devo lasciarti.»

«Un'ultima cosa: Dominique come sta? Che cosa fa?»

«Ha sposato un visconte francese, Stephane de la Prunelé. Vive tra Parigi e la Normandia, ha quattro figli e viene a trovarci una volta all'anno, per Natale, con il marito fascistoide, i figli e la *demoiselle* dei figli al seguito.»

«Salutala per me.»

«Se mi dai il tuo numero, ti faccio chiamare. Quanto a tuo padre, stai tranquilla. Stasera cominciano a liberarlo dalle macchine e domani lo troverai in reparto, sveglio come un grillo.»

Il medico se ne andò e lei rimase lì, in piedi, a spiare suo padre dal vetro che la isolava dalla sala della terapia intensiva.

«Allora, come va?» domandò una voce che la fece sussultare. Sua madre era alle sue spalle. Gloria si girò verso di lei: «Papà sta bene. Domani lo trasferiranno in reparto e io spero che faremo un bel Capodanno a casa, con lui», spiegò.

La donna osservò il marito attraverso il vetro e bisbigliò: «Lo volesse il cielo, perché in questo momento lo guardo e mi viene da piangere».

«Io credo a quello che hanno detto i medici.»

«È per questo che hai quel sorriso radioso?» le chiese, guardandola.

Gloria arrossì imbarazzata perché l'incontro e il colloquio con Bruno Arconati la faceva sentire come un'adolescente alla prima infatuazione. Il fratello di Dominique le piaceva molto. Sentendosi colpevole per quel turbamento, reagì alla domanda di sua madre con un'aggressività ingiustificata: «È mai possibile che tu debba criticarmi anche quando sorrido? Sono felice perché mio padre guarirà perfettamente. Forse pensavi di restare vedova?»

Uno schiaffo improvviso la riportò alla realtà.

«Hai quasi quarant'anni, ma io sono tua madre e non ti permetto di mancarmi di rispetto. Se tuo padre morisse, sarebbe come se mi tagliassero le braccia e le gambe e smetterei di vivere anch'io. E adesso fammi il piacere di andartene, perché il mio Natale lo passo qui, accanto a lui», sibilò Carmen.

Gloria aveva le lacrime agli occhi. Si girò e si allontanò. Mentre apriva la porta del reparto, Carmen, che l'aveva rincorsa, la agguantò per un braccio.

«Che cosa vuoi?» sussurrò Gloria.

«Scusami. È stata la mia mano a colpirti, non il mio cuore. Mi dispiace tanto», disse la donna e aggiunse: «Abbiamo passato momenti difficili, di ansia, di dolore...»

«Va tutto bene, mamma. Hai avuto giorni terribili e, adesso, festeggia il tuo Natale con papà. Ci vediamo domani», la salutò abbracciandola.

Sergio l'aspettava a casa con suo padre, l'ingegner Lavagnolo. C'era anche la nuova badante, che si era data da fare per apparecchiare la tavola e scaldare il pranzo, come le raccontò Sergio.

«Ti vedo un po' strana», le sussurrò il suo compagno.

«Mi sento strana», affermò lei.

«Allora sei in sintonia con questo strano Natale», sorrise lui e proseguì: «Poi mi racconterai».

«Papà sta bene, fra non molto uscirà dall'ospedale e io...»

Stava per dire: «Ho ritrovato il fratello di Dominique. È il medico che ha soccorso per primo il papà al Monzino e ho scoperto che mi piace tanto». Si fermò in tempo, senza finire la frase.

«E tu?» la sollecitò il suo compagno.

«E io... ho litigato con mia madre», tagliò corto, precedendolo nel soggiorno.

# 7

L'ANZIANO ingegner Lavagnolo, il padre di Sergio, non appena vide entrare Gloria le andò incontro e l'abbracciò, dicendo: «Finalmente un raggio di sole in questo Natale un po' mesto».

Lei gli stampò un bacio sonoro sulla guancia e poi gli chiese sottovoce: «Come va con la Preciosa?»

Era il nome della nuova badante sudamericana, una sessantenne secca come uno stuzzicadenti, scontrosa come un gatto selvatico, baffuta come una foca, che aveva sostituito la badante precedente, la bella Ivona, una donna pericolosamente avida, tanto da costringere Sergio a cacciarla dalla casa del padre.

«Andrebbe tutto bene, se non fosse che rischio l'infarto come tuo padre quando, la mattina, mi compare accanto al letto per servirmi il caffè. E non farmi quegli occhioni da ingenua, perché me l'hai trovata tu, nuora sciagurata», rispose l'anziano ingegnere, rivolgendole un sorriso malizioso.

«È perché le voglio bene, caro ingegnere», replicò lei con un sorriso altrettanto malizioso.

Preciosa servì in tavola i tortellini in brodo e la gallina ripiena, che Sergio aveva acquistato il giorno prima nel negozio di gastronomia *Giacobbe*, per rispettare la tradizione e non nuocere al diabete del padre. Una fetta di panettone e un bicchiere di vino moscato Gancia conclusero l'austero pranzo natalizio. Preciosa servì il caffè in salotto e, prima di ritornare in cucina, disse: «Dopo dobbiamo andare a casa nostra, perché il signore deve riposare».

«Ecco, avete visto? La strega ha deciso che è finita la mia ora di libera uscita», sussurrò l'ingegnere.

«Lei ha ragione di lamentarsi. Ma Preciosa si comporta sempre così?» chiese Gloria.

«Qualche sua antenata deve aver sposato un capoccia dell'esercito austro-ungarico», ironizzò l'uomo.

«O, più verosimilmente, un militare nazista», s'intromise Sergio. E soggiunse: «Papà, devi parlarle».

«Parlale tu. Lei mi ha detto che prende ordini da don Mario, il parroco di Andreina Romano, la sua amica», replicò l'anziano, additando Gloria.

Sentendosi chiamata in causa, Gloria decise di intervenire e chiamò Preciosa, che si precipitò in salotto.

«Comandi, signora», disse la badante, mettendosi di fronte a lei.

«L'ingegnere desidera parlarle», si limitò a dire Gloria.

«Comandi, signore», rispose Preciosa.

L'uomo si appoggiò bene allo schienale della poltrona, accavallò le gambe e, con tono soave, le domandò: «Preciosa, da chi ricevi lo stipendio?»

«Da lei, signore.»

«Perché lo ricevi da me?»

L'uomo, che aveva il senso dell'ironia, ora si stava divertendo.

«Perché lei è il padrone.»

«E il padrone che cosa fa?»

«Il padrone comanda», rispose, per niente intimidita da quel singolare interrogatorio.

«Ma tu mi dici sempre che prendi ordini da don Mario, quindi lo stipendio, i soldi per fare la spesa e tutto il resto da ora in avanti li chiederai a don Mario.»

«Non è possibile... Io lavoro per lei, signore», balbettò, confusa, la donna guardando i volti impassibili di Gloria e Sergio.

«Se prendi ordini da me, non permetterti mai più di dirmi che cosa devo fare, quando devo riposare, quando devo lasciare questa casa per tornare alla mia. E non voglio più vederti comparire al mattino nella mia camera con questi baffi che hai sopra la bocca. Dovrai raderli ogni giorno, in modo che io non li veda, perché mi danno fastidio. Adesso finisci di lavare i piatti e torna a casa. Io verrò quando vorrò», ordinò l'ingegnere con il piglio di un comandante militare.

«Come lei desidera, signore», rispose lei, affrettandosi verso la cucina.

«Sei sicuro di voler tenere Preciosa?» domandò Sergio.

«Certamente», lo rassicurò suo padre. E proseguì: «In pochi giorni l'ho studiata attentamente. È onesta, pulisce la casa a meraviglia, cucina abbastanza bene e prega ogni sera, quando si isola nella sua stanza. Non so che genere di vita abbia avuto, ma sono sicuro che non sia stata facile. È un automa che ubbidisce agli ordini che riceve da chi ritiene essere il capo. Grazie per avermi aiutato a schiarirmi le idee».

«Ingegnere, lei non si smentisce mai», scherzò Sergio.

«Come la mia amica Andreina non si sbaglia mai nel scegliere le persone giuste», osservò Gloria.

«Allora, io vado a fare un sonnellino nella stanza degli ospiti», decise l'uomo, avviandosi fuori dal salotto.

«Ma sei sicuro che a tuo padre serva una badante,

invece di una semplice donna di servizio?» domandò Gloria.

«Serve a me, perché così sono più tranquillo», affermò il suo compagno.

«Io spero proprio che mio padre esca presto dall'ospedale e che viva a lungo, come mi hanno garantito i medici. Ma un giorno, o lui o la mamma mi lasceranno e dovrò affrontare lo stesso problema», sospirò Gloria.

«Una volta, quando c'era la famiglia patriarcale, gli anziani soli non erano un problema. Si viveva tutti insieme, bambini, adulti, vecchi. Ci si aiutava l'un l'altro, tutti per uno e uno per tutti. Adesso ognuno ritiene di avere diritto al proprio spazio vitale, al proprio egoismo e così si affidano i bambini alle baby-sitter e gli anziani ai badanti, e fioriscono le case di riposo e i villaggi per loro. I vecchi li confiniamo nei ghetti miserabili o di lusso, a seconda delle disponibilità economiche», ragionò Sergio.

«Dimentichi che la vita media si è allungata, che la medicina moderna ci regala anni di vita in più. Mentre i nostri ritmi lavorativi sono sempre più stressanti, e i figli di oggi sono molto più difficili da seguire rispetto a quelli di cent'anni fa. Il mondo è cambiato, Sergio e, sia tu sia io, cerchiamo di fare del nostro meglio. Vuoi rimproverarti per questo?» replicò Gloria.

Il suo compagno sorrise e disse: «Abbandoniamo

questi discorsi e cerchiamo di passare un Natale sereno. Rifugiamoci in soggiorno e godiamoci il dvd di *Natale in casa Cupiello*, che avevamo appena iniziato a guardare quando tuo padre è finito al pronto soccorso», propose lui.

Così fecero. Gloria si distese sul divano accanto a Sergio, posò il capo sulle gambe di lui e, dopo dieci minuti, si addormentò.

Quando si svegliò, nel soggiorno regnavano il silenzio e l'oscurità. Accese la lampada sul tavolino, dove trovò un messaggio di Sergio: «Dormi così bene che non oso disturbarti. Io riaccompagno papà a casa sua. Mentre dormivi, ti sono arrivate due chiamate sul cellulare: una da tua madre, che va a cena da tuo fratello, e l'altra da una certa Dominique, una tua compagna di università, che sostiene di conoscermi, anche se io non la ricordo affatto. Un bacio. S.».

Se sua madre andava a cena dal figlio, significava che sul fronte ospedaliero non c'erano problemi. Quanto a Dominique, non aveva nessun desiderio di rivederla, temendo un nuovo incontro con il fratello medico. Si alzò dal divano, andò in cucina a bere un bicchiere d'acqua e telefonò a Carlotta, perché aveva bisogno di chiarirsi le idee.

# 8

«Tesoro, la sensazione strana che provi ha un nome: si chiama *coup de foudre*», disse Carlotta, dopo aver ascoltato le confidenze di Gloria.

«Ne sei sicura? Mi conosci e sai che non ho mai avuto nessun colpo di fulmine, nemmeno per Sergio che amo moltissimo», replicò lei. E, subito dopo, domandò: «Dove sei? Ti sto disturbando?»

«Nemmeno un po'. Ho salutato la famiglia e sto tornando a Milano. Le strade sono deserte e voglio recuperare il silenzio di casa mia, perché il mio tentativo di ricucire un rapporto sereno fra la mamma e mio padre è naufragato, almeno per il momento.»

«Mi dispiace, perché so che ci speravi tanto. Quanto a me, mi sembrava che andasse tutto così bene fino a tre giorni fa: poi c'è stato il problema con papà ed è stato il panico. Poi c'è stato il timore per la riuscita dell'intervento. Ora che tutto sembra risolversi per il meglio, a tradimento arriva il *coup de foudre* per l'assistente del professor Bartorelli. È la sera di Natale e io sono confusa», si lamentò.

«Gloria, svegliati. Non è successo niente. Evita il dottor Arconati come se fosse la peste, altrimenti rischi di buttare alle ortiche vent'anni della tua vita con il tuo amato compagno. Adesso ti saluto, perché sono arrivata a casa», la liquidò Carlotta e parcheggiò l'auto nel box del suo palazzo. Salì in casa, accese lo stereo per ascoltare un po' di musica, si rincantucciò sul divano del soggiorno e telefonò a suo padre, che rispose al primo squillo.

«Nel pomeriggio, non sono riuscita a passare da te con Patrizia e la mamma per augurarti buon Natale. Lo faccio adesso, se non è troppo tardi», esordì.

«Non sei riuscita nel tuo intento. Lo so, perché me lo ha già spiegato tua sorella. Tua madre è una persona difficile e io sono troppo vecchio per lottare con lei. Del resto, non ci sono riuscito neppure quando ero giovane. Rassegnati, Carlotta», replicò lui, con serenità.

«Eppure, c'è stato un tempo in cui vi siete piaciuti, vi siete amati tanto da sposarvi. Non penso che lei fosse molto diversa da com'è adesso.»

«Tua madre era bellissima. Assomigliava a te, ma era ancora più bella di te. Io avevo perso la testa per lei, e voglio credere che anche lei mi abbia amato. Non aveva un carattere dolce, ma mi piaceva anche questo aspetto della sua personalità. Eravamo felici quando tu e tua sorella siete nate. Poi...»

«Poi... che cosa, papà?»

«Lei ha smesso di sorridere, si è chiusa in se stessa, giorno dopo giorno si è attaccata al suo lavoro in modo maniacale, mi ignorava come se fossi trasparente. Mi sono colpevolizzato a lungo ma, alla fine, ho capito che non dipendeva da me. Semplicemente, lei non mi amava più. Così ho cercato altrove il calore di cui avevo bisogno.»

«Domani è ancora festa. Se vuoi, vengo a trovarti», gli propose.

«Domani siamo invitati dai genitori della ragazza di tuo fratello. Sembra che i due vogliano sposarsi l'anno venturo. Mi dispiace, Carlotta. Però possiamo vederci un altro giorno, prima che finiscano queste feste.»

«Papà, tu credi nel matrimonio?»

«Sebbene il mio con tua madre sia naufragato, io ci credo. Tant'è che mi sono risposato e sono sereno.»

«Però si può vivere in coppia anche senza bisogno di sancire il legame con timbri e scartoffie», osservò lei.

«Sai Carlotta, io sono all'antica e mi sembra che ufficializzare l'unione abbia un senso. Poi so bene che l'amore non ha bisogno di firme e documenti.»

«È stato bello parlare un po' con te. Grazie, papà», sussurrò Carlotta.

«Buon Natale, figlia mia», la congedò suo padre.

«Aspetta, papà. Volevo dirti che, per Natale, la mamma ha cucito per me un abito meraviglioso.»

«Peccato che faccia tanta fatica a comunicare i suoi sentimenti.»

«Però ci soffre», disse lei.

«E fa soffrire gli altri. Tu, Patrizia, io, ne sappiamo qualcosa.»

Lei sorrise, lo salutò e chiuse la comunicazione.

Pensò che forse suo padre non era ancora riuscito a perdonare la mamma per il fallimento della loro unione. Si domandò se sua madre avesse sofferto quando il marito si era trovato una nuova compagna.

Ricordò le nozze di sua sorella. Patrizia aveva detto: «Voglio che sia papà ad accompagnarmi all'altare».

«Fai come credi, ma se inviti lui, io non ci verrò», si era limitata a dire Ermellina.

«Posso sapere che cosa ti ha fatto di così terribile tuo marito?» si era impuntata la sorella.

«Ha tradito un patto di indissolubilità», era stata la risposta tagliente della mamma.

«Magari ci hai messo del tuo per farlo scappare», l'aveva sferzata sua figlia.

E aveva evitato per un soffio uno schiaffo, perché Ermellina non accettava critiche, così come non dava mai spiegazioni. Era un enigma insolubile.

Carlotta si preparò per andare a letto. Sul tavolino da notte c'era una pila di romanzi che le servivano per accompagnarla piacevolmente verso il sonno.

Scelse un giallo di Rosa Teruzzi, una scrittrice milanese che raccontava le avventure poliziesche di una fioraia del Giambellino, un quartiere periferico della città, ricco di fatti e misfatti. Sul punto di assopirsi, sentì la vibrazione del cellulare. Era Gianni Corbetti.

Sorrise e disse: «Eccomi».

«Hai la voce assonnata. Ti prego, dimmi che non ti ho svegliata», disse lui.

«Stavo per addormentarmi. Non è stato un giorno di Natale tanto facile.»

«Ma sei sopravvissuta.»

«Sono abituata a ben altre lotte. Dimmi di te.»

«Ho trascorso la giornata con mio fratello e la sua famiglia. Mi manchi.»

«Domani è ancora festa. Se sei d'accordo, possiamo pranzare insieme», propose lei.

«Speravo di sentirmelo dire. Passo a prenderti a mezzogiorno.»

Il sonno si era allontanato e lei riprese a leggere le avventure della fioraia detective.

La mattina di Santo Stefano, Carlotta scelse con cura l'abbigliamento per incontrare Gianni, sapendo che un abito riflette uno stato d'animo e trasmette un messaggio.

Voleva essere elegante, ma non sofisticata, attraente, ma non seduttiva. Così scelse un tailleur pantalone grigio-scuro, illuminato da minuscole righe bianche, e una camicetta bianca, di seta pesante, impreziosita da un ricco volant intorno ai polsi e alla scollatura, che lasciava appena intravedere l'attaccatura del seno. Indossò un collier di perle e turchesi firmato da Luisa Della Salda e si ammirò allo specchio. Individuò l'accenno di due rughe agli angoli esterni degli occhi e si disse che era arrivato il momento di tornare dal professor Di Pietro, il suo dermatologo, per una rivitalizzazione del viso.

A quel punto sentì il bisogno di fare una passeggiata. Allora telefonò a Gianni per dirgli che si sarebbero incontrati al ristorante del *Grand Hotel et de Milan*, in via Manzoni, a mezzogiorno.

# 9

PER Andreina e Maria Sole, il Natale a Paraggi in compagnia di Angelina e Alberto si avviava verso una serena conclusione.

Quella sera, dopo cena, si trasferirono tutti e quattro nel salotto, dove era stato acceso il caminetto. Il piccolo Michele, in braccio alla sua mamma, osservava come ipnotizzato la danza delle fiamme. Poi cominciò a protestare.

«Eccolo che reclama la sua poppata serale», disse Maria Sole e proseguì: «Vado in camera a nutrirlo. Aspettatemi, perché torno non appena si sarà addormentato».

«Vado a dormire anch'io», annunciò Angelina.

«Ti serve qualcosa?» le domandò Alberto.

«Mi serve soltanto il mio letto», rispose con un sorriso e uscì dalla stanza.

Andreina fece zapping tra i programmi della tivù e si bloccò sull'inizio di un vecchio film con Jane Fonda e Robert Redford, *A piedi nudi nel parco*.

«L'hai mai visto?» domandò ad Alberto.

«Almeno dieci volte, ma lo rivedo volentieri», rispose lui e si sedette sul divano accanto a lei.

Poco dopo, Maria Sole riapparve in salotto.

«Il mio piccolo dorme come un angioletto», annunciò e soggiunse: «Non vedete che il fuoco sta languendo?»

«È finita la legna», disse Andreina.

«Vado fuori a prenderla», decise Alberto e si allontanò, mentre Maria Sole spegneva il televisore e si sedeva accanto all'amica.

«Alberto è l'uomo che ogni donna vorrebbe trovarsi accanto. È positivo e affidabile. Inoltre aggiusta le lampade, trasporta in casa un abete gigantesco, va a prendere la legna quando serve, è di compagnia quando ti senti sola», affermò Andreina.

«Sa anche ascoltare e rassicurare», sussurrò Maria Sole, completando le riflessioni dell'amica su Alberto Canepa.

Lui ritornò con un cesto colmo di legna e prese a ravvivare il fuoco nel camino.

«Ragazzi, io vado a dormire», disse Andreina, trattenendo uno sbadiglio.

«Così presto?» domandò lui, continuando a lavorare con l'attizzatoio.

«Non so che cosa mi succeda, ma da qualche giorno il letto mi attrae moltissimo, quando viene la sera.»

«È la gravidanza», sorrise Maria Sole.

«E io me la godo, perché è molto piacevole. Lascio aperta la porta della mia stanza così, se Michele si sveglia, lo gestisco io», promise.

Alberto si sedette accanto a Maria Sole e si guardò intorno con aria beata. Poi, parlando sottovoce, le disse: «Ascolta».

«Che cosa?» domandò lei.

«Che cosa senti?»

«Lo scoppiettio della legna nel camino», rispose.

«E che altro?» insistette lui.

«La tua voce.»

Lui sorrise e soggiunse: «Se stiamo zitti, possiamo sentire il respiro del silenzio».

Tacquero per alcuni istanti e poi Maria Sole scosse il capo e disse: «Mi dispiace, non sono così percettiva».

«Sì che lo sei, se ti rilassi.»

«Mi capita raramente di riuscire a rilassarmi e, qualche volta, il silenzio mi mette a disagio», confessò lei.

Tacque alcuni istanti, poi proseguì: «Ho ventotto anni e il fallimento del mio matrimonio mi ha indotto a riconsiderare tanti aspetti della mia vita, tante sofferenze che ho tentato di dimenticare».

«Ognuno di noi si porta dentro momenti della sua esistenza che non vorrebbe mai aver vissuto. Sono così dolorosi, da averci indotto a confinarli in un angolo nascosto della nostra mente. Poi succede qualcosa e riemergono tutti imponendosi con prepotenza alla nostra attenzione. Allora conviene passarli in rassegna a uno a uno e, per quanta sofferenza costi, esaminarli alla luce di una nuova consapevolezza, guardarli e valutarli freddamente per quello che sono. È una fatica dolorosa che vale la pena di affrontare», osservò Alberto.

«Hai detto bene: una fatica dolorosa», affermò Maria Sole.

Tacquero entrambi e, nel silenzio di quella grande casa sul mare, lei si sentì quasi pacificata.

Allora disse: «Le mie amiche mi hanno sempre considerata quella meno incasinata di tutte, la più ingenua, la più sprovveduta, quella che ha sempre avuto la vita facile, quasi una privilegiata. Sono stata fortunata a incontrarle, a legarmi a loro che mi hanno fatto partecipe delle loro storie, del loro modo di affrontare i problemi, delle riflessioni per capirli e superarli. Le mie amiche sono preziose», ammise Maria Sole.

«Vorrei poterti essere utile anch'io», disse lui, sommessamente.

«Oggi lo sei stato. Hai ravvivato il fuoco nel camino», scherzò lei, con un sorriso sbarazzino.

«Tutto qui?» domandò Alberto deluso.

«Poco fa, Andreina mi diceva che sei l'uomo che ogni donna vorrebbe trovarsi accanto, perché sei solido e affidabile», confessò.

«Meglio di niente», brontolò Alberto.

Poi si riscosse e propose: «Scendiamo sulla spiaggia a guardare il mare».

Avvolti nei loro giacconi, a ridosso di uno scoglio, guardando le onde che accarezzavano pigre la battigia, stettero lì ad ammirare le luci dei paesini che costellavano la baia.

Maria Sole rabbrividì.

«Hai freddo?» le domandò lui circondandole le spalle con un braccio e attirandola a sé.

«È passato un angelo e mi ha fatto il solletico con una piuma», scherzò.

«Mi sento bene, vicino a te», disse Alberto e proseguì: «Voglio farti una confessione».

«Ti ascolto.»

«Questo, per me, è il Natale più bello della mia vita. È stata la tua presenza e quella del piccolo Michele a renderlo tale. Ti ho sempre guardata come fossi un bel sogno. Eri una bambina ingenua e solare, eri la sorellina di Filippo, che ti voleva bene e, come lui, anch'io sentivo il bisogno di proteggerti. E lo sento ancora», concluse.

«Credo di essere finalmente capace di camminare sulle mie gambe, ma credo anche che tu mi stia facendo un certo effetto», gli sussurrò all'orecchio.

«Anche tu mi fai un certo effetto e non sapevo come dirtelo. Da ieri mi domando se sia giusto, perché sei in un momento di grande fragilità.»

«Sei davvero una brava persona», osservò lei alzando il viso verso di lui, che si piegò fino a quando sentirono il calore del loro respiro. Allora Maria Sole accostò le sue labbra a quelle di Alberto, chiuse gli occhi e si baciarono appassionatamente.

Lei ebbe la sensazione di staccarsi dal suolo con la leggerezza di una farfalla. Poi aprì gli occhi e gli domandò: «Che cosa è successo?»

«Ci siamo trovati», rispose lui, sorridendole felice.

# 10

Alberto la scortò fino all'ingresso della villa e le disse: «È meglio se non andiamo oltre. Almeno per ora».

«Lo penso anch'io, perché sono un po' confusa. Però volevo dirti che...» Maria Sole si bloccò e abbassò la maniglia per aprire la porta di casa.

«Che cosa volevi dirmi?» la sollecitò lui.

«No... niente.» Stava per entrare, ma si fermò e, davanti a lui che aveva assunto la postura composta del cavaliere in attesa che la sua dama fosse al sicuro oltre la soglia, trovò il coraggio di ammettere: «Nella mia vita, non ho mai provato una sensazione così piacevole come quella che tu mi hai regalato baciandomi».

Sussurrò queste parole ringraziando l'oscurità della notte che le nascondeva il rossore sul viso.

«Vale anche per me», annuì lui e se ne andò.

Lei salì al piano superiore, entrò nella sua camera in punta di piedi. Al chiarore tenue di una piccola lampada osservò suo figlio che dormiva sereno. Con un gesto lieve gli accarezzò la zazzera bionda, poi chiuse la porta di comunicazione con la camera di Andreina, andò nello spogliatoio e si preparò per la notte. Infine si infilò nel suo letto, chiuse gli occhi e riaffiorò un ricordo lontano che aveva dimenticato.

Diamante Merisi Fabbri, un'amica con la quale aveva organizzato un evento per raccogliere fondi a favore di bambini extracomunitari, l'aveva invitata a una festa. Era il periodo di carnevale e la festa si svolgeva in una villa di campagna, in Brianza.

Il frastuono della musica dilagava anche nel parco immenso che circondava l'edificio.

Nel salone interno, in mezzo ai coriandoli e ai festoni di carta colorata che pendevano dal soffitto, c'era gente ubriaca che incitava due ragazze in slip e reggiseno a ballare su un tavolo.

«Ma dove mi hai portata?» urlò Maria Sole per farsi sentire da Diamante.

«*Semel in anno licet insanire*», rispose sorridendo l'amica.

L'aria era satura di fumo e dell'odore aspro dell'alcol.

Un ragazzo si liberò della camicia e, a torso nudo,

balzò sul tavolo per unirsi alle due ragazze, imitandone le movenze, mentre gli altri battevano le mani incitando il terzetto a esibirsi.

«Andiamo via», disse Maria Sole.

«Ti ricordo che sei stata tu ad accettare di venire. Per una volta dimentica di essere una ragazza di buona famiglia e lasciati andare», la spronò Diamante, e si buttò nella mischia.

Maria Sole fu colta da due bisogni impellenti: fare pipì e fuggire. Si rivolse a una ragazza che le sembrava sobria e le domandò: «Sai dov'è il bagno?»

«In fondo alla sala, la porta a sinistra»», rispose quella, riprendendo a seguire lo spettacolo.

La porta a sinistra immetteva in un vasto corridoio rischiarato da luci tenui e costellato da una serie di porte.

Quale sarà quella del bagno? Si interrogò. Ne aprì una a caso e si trovò sulla soglia di una stanza che le offrì lo spettacolo di due donne e di un uomo nudi su un letto strettamente avvinghiati, che uggiolavano e ridevano dimenandosi. Lei arrossì per la vergogna e si ritrasse, spaventata, chiudendo la porta.

Questa non è una festa, è un incubo, pensò, e le vennero in mente le tele di Hieronymus Bosch, il pittore olandese del Cinquecento che nei suoi dipinti aveva riprodotto le fantasie mostruose della sua mente.

Con cautela dischiuse piano un'altra porta sul corridoio e vide le mattonelle di una stanza da bagno. Allora l'aprì e trovò una coppia di giovani che, chini su una mensola del lavabo, una cannuccia infilata in una narice, sniffavano cocaina.

Lei sussurrò: «Ops, chiedo scusa».

«Vuoi fare un tiro?» domandò il ragazzo.

Maria Sole non rispose. Richiuse immediatamente la porta, si girò e andò a sbattere contro un uomo che la abbracciò stretta e la baciò sulla bocca. Aveva labbra morbide, gentili, che profumavano di agrumi e di mandorle. Era un gigante muscoloso e dolce. Lui la baciò regalandole una sensazione molto piacevole che non aveva mai provato e ne ebbe quasi paura. Appoggiò le mani aperte contro il petto di lui e, facendo forza con le braccia, lo allontanò da sé.

«Peccato!» sussurrò lui, lasciandola andare.

Maria Sole ritornò nella sala, trovò l'uscita della villa, respirò a pieni polmoni l'aria fredda della notte e si tranquillizzò.

Sarebbe stato inutile cercare Diamante per farsi riaccompagnare a casa.

Allora telefonò a Mariano, il suo innamorato soccorrevole.

«Tesoro, è mezzanotte passata. Che cosa succede?» le domandò lui con voce assonnata.

«Vieni a prendermi immediatamente. Poi ti spiego», disse lei e gli diede l'indirizzo della villa.

Era senza cappotto, rabbrividiva per il freddo, ma non osava tornare nella villa per recuperarlo.

Arrivò una macchina e scesero due coppie di giovani. Una delle due ragazze la riconobbe e la salutò.

«Sono uscita senza cappotto e sto gelando», rispose Maria Sole, tentando di ricordare, senza successo, chi fosse la ragazza.

Lei si tolse uno scialle di lana morbida e glielo avvolse intorno alle spalle, dicendo: «Almeno copriti con questo».

Maria Sole la ringraziò e si avviò lungo il viale coperto di ghiaia che si snodava tra alberi e cespugli, verso il cancello d'ingresso del parco dove Mariano la raggiunse.

Il fidanzato l'aiutò a salire in macchina e presero la via del ritorno.

«Adesso posso sapere che cos'è successo?» le domandò il suo innamorato.

«Mi sono sentita a disagio e... niente, Mariano... voglio solo tornare a casa e dimenticare», bisbigliò lei.

«Non mi sembra una grande spiegazione», osservò lui.

«Ti ho detto che voglio dimenticare», ripeté lei, con voce isterica.

Era arrabbiata perché non riusciva a non pensare a quel bacio che uno sconosciuto le aveva carpito e che aveva suscitato in lei strane emozioni. Volle cancellare quella festa, compresa l'amica Diamante, solerte organizzatrice di eventi benefici, che decise di non rivedere più. Ma quel bacio, quello continuò a tormentarla prima di svanire nelle nebbie del passato.

Ora, a distanza di tanti anni, nella quiete ovattata della camera da letto, accanto al suo bambino immerso nel sonno, Maria Sole ritrovò intatta la sensazione di quel bacio che l'aveva turbata, e ripensò a quello di Alberto che era stato molto più coinvolgente. Forse la vita le riservava davvero nuove emozioni.

# 11

La mattina di Santo Stefano, Maria Sole si svegliò dopo una notte agitata. La camera era ancora immersa nell'oscurità, la culla era vuota. Si affacciò nella camera di Andreina. L'amica non c'era. Il suo bambino doveva essere con lei, quindi si affrettò a scendere e li trovò in cucina.

Andreina stava facendo colazione, Angelina aveva piazzato Michele sul seggiolone e gli porgeva un biscotto inzuppato nel latte che lui succhiava avidamente.

Il piccolo vide la madre, le sorrise e tese le braccia.

Lei lo tolse dal seggiolone e lo abbracciò dicendo: «Che cosa ho fatto di bene in questo mondo per avere accanto due donne amorevoli come voi?»

«Siamo solo due amiche che ti aiutano», precisò Angelina e proseguì: «Ha telefonato tua madre. Dice che il tuo cellulare è spento e vuole sapere come state tu e il piccolo. Forse è meglio se ti fai viva con lei, perché mi è sembrata un po' triste».

«Dopo la chiamo», rispose lei. Poi si rivolse ad Andreina: «Più tardi voglio fare una passeggiata con il piccolo. Vieni anche tu?»

«Il tempo sembra buono. Magari riusciamo anche a farci un aperitivo all'aperto», propose l'amica.

«Prima che usciate, dovete dirmi quello che volete mangiare, perché le cose buone che lo chef ha mandato da Milano sono finite», disse Angelina.

«La tua torta di carciofi», le rispose Maria Sole.

Prima di uscire per la passeggiata, telefonò a sua madre.

«Finalmente!» esordì la donna, affrettandosi ad aggiungere: «Tuo padre e io abbiamo passato un Natale molto triste, ma tu e il bambino come state?»

«Stiamo bene, e tu devi rassegnarti a lasciarmi vivere la mia vita, non quella che vorresti pianificare per me. Perché hai già fatto abbastanza danni», rispose.

«Lo so. Cristina e io abbiamo sbagliato con voi due, intendo con te e Mariano...»

«Mamma, smettila. Vorrei mettere una bella pietra sul passato.»

«Scusami, hai ragione. Indietro non si torna e bisogna

guardare avanti. Solo che tu non sei qui a subire gli interrogatori dei nostri amici.»

«Ti rendi conto di quanto sia ridicolo il tuo atteggiamento perbenista? Mariano è gay ed è inutile girarci intorno. Se vuoi, compero una pagina pubblicitaria sul *Corriere* e annuncio a tutti che il nostro matrimonio è finito per incompatibilità sessuale», la provocò.

«Stai scherzando?»

«Mai stata più seria di così. È il solo modo per evitare le domande che ti mettono in imbarazzo. Mariano non è un ladro, non è un assassino, non è un violento. È una persona per bene ed è omosessuale. Non ha niente di cui vergognarsi e, prima lo capisci, meglio sarà per tutti quanti.»

La donna rimase in silenzio per alcuni istanti e poi disse: «Ma sai che hai ragione? Però, una pagina sul *Corriere* mi sembra un inutile dispendio di denaro. Basterà che lo dica a un paio di amiche pettegole. Ci penseranno loro a divulgare la notizia. Non credi?»

Maria Sole scoppiò a ridere.

«Ti diverte tanto questa cosa?» domandò sua madre.

«Mi diverte l'impegno con cui Michele cerca di impadronirsi del mio cellulare», rispose lei.

«E io me lo sto perdendo. Deciditi a tornare a Milano.»

«Mamma, ho i miei tempi e sono determinata a seguirli», affermò, decisa.

Più tardi, mentre un solicello timido faceva capolino tra le nuvole, scese in paese con il piccolo Michele e Andreina.

C'era poca gente in giro, ma il bar sul molo era affollato. Sedettero all'aperto, a ridosso del muro che le riparava dal vento. Il piccolo dormiva pacificamente nel marsupio. Loro ordinarono un aperitivo analcolico sgranocchiando mandorle salate. Maria Sole scambiò saluti con alcune persone che conosceva da sempre e ricevette complimenti per Michele che continuava a dormire.

«E tuo marito non c'è?» domandò più tardi la donna che gestiva l'edicola dei giornali.

«Ci siamo lasciati», rispose Maria Sole con un sorriso mesto.

«Ma se vi ho sempre visti insieme fin da quando eravate due bambini... Com'è possibile?»

«Lui si è fatto l'amante», la informò abbassando la voce.

«Eccoli lì, questi puttanieri!» deplorò la donna e soggiunse: «Povera bambina».

«Guarda, Elvira, che l'amante di mio marito è un bel ragazzo», precisò lei.

L'edicolante spalancò tanto d'occhi e di bocca. Poi sussurrò: «Mi stai dicendo che è uno di quelli...»

«Proprio così. Passa parola», la salutò Maria Sole, mentre Andreina assisteva divertita a quello scambio di battute.

«Puoi starne certa che lo farò», garantì la giornalaia.

«Sei stata grande!» si complimentò Andreina. E proseguì: «Sai che stento a riconoscere la Maria Sole di poche settimane fa?»

«Non è mai troppo tardi per diventare adulti», affermò lei, soddisfatta. Poi spiegò: «Spiano il terreno per la prossima estate, quando anche Mariano, che ha tutto il diritto di stare un po' con suo figlio, verrà qui in vacanza. Così gli eviterò domande imbarazzanti, anche perché a quel punto la gente del paese avrà già esaurito i pettegolezzi. Del resto, gli abitanti di Villa Sans-souci hanno sempre avuto la fama di gente estrosa».

Il piccolo Michele, che aveva continuato a sonnecchiare cullato dai passi della mamma, appena varcati i cancelli della villa, spalancò i suoi occhioni, aggrottò le sopracciglia e decise che era arrivato il momento di farsi sentire, perché gli era venuta fame.

Angelina uscì dalla sua casa e disse: «Il vostro pranzo è in forno. Poi vi raggiungo e mi occupo io di Michele».

Spiegò che la sua lavatrice era andata in tilt e aveva

allagato il bagno. «Per fortuna il mio Alberto l'ha già riparata. Posso occuparmi del piccolo solo per qualche ora nel pomeriggio, perché vado a cena con Alberto in collina, da mia sorella.»

Suo malgrado, Maria Sole ebbe un moto di disappunto, perché aveva sperato di stare con lui, la sera. Angelina se ne avvide e chiese: «Avevi altri progetti?»

«Assolutamente nessuno. Grazie di tutto», rispose lei.

Le due amiche consumarono il pasto nella cucina della villa e Andreina notò che l'amica era insolitamente silenziosa.

«C'è qualcosa che non va?» le chiese.

«Ieri sera, sulla spiaggia, Alberto e io ci siamo baciati», confessò.

«Tombola!» esclamò Andreina.

«Sei stata tu a pronosticarmi un amore per il nuovo anno», le ricordò l'amica.

«Sei cotta e biscotta», esultò Andreina.

«Ancora non lo so. Ma posso assicurarti che il suo bacio mi ha portato in paradiso e, se questa è la premessa, non oso immaginare quali emozioni proverei se ci fosse un seguito.»

«Ci sarà. Almeno te lo auguro.»

«Sai che cosa mi ha detto? Fermiamoci qui. Secondo

lui non ho ancora le idee chiare dopo la separazione da Mariano.»

«Ha ragione. Alberto è una persona per bene e fa le cose sul serio.»

«Lui è un tesoro. Mi piace tanto e non me n'ero mai accorta prima d'ora», disse lei, felice.

# 12

QUELLO stesso giorno, all'una del pomeriggio, Carlotta entrò nella hall del *Grand Hotel et de Milan* e si diresse verso il bar.

Gianni stava parlando con un signore anziano che Carlotta riconobbe al primo sguardo. Era Mario Solbiati, il grande boss della farmaceutica italiana, padre di quella Silvia che, pochi giorni prima, si era presentata nel suo studio legale per raccontare che suo marito la tradiva con Luisa Belgrado, la moglie di Gianni Corbetta. Si domandò se non fosse meglio eclissarsi, ma il chirurgo la vide e si affrettò a salutare il suo interlocutore per andarle incontro. Le baciò la mano e la guidò verso il ristorante dell'albergo dove avevano deciso di pranzare. Si sedettero a un tavolo appartato, addossato alla parete, lei su un divanetto e lui sulla poltroncina di fronte.

«Hai visto con chi stavo parlando?» le domandò Gianni.

Lei annuì, lui sorrise.

«Ha saputo che ho lasciato la clinica di mia moglie e che ho aperto uno studio medico. Si è prenotato come paziente. Che cosa ne pensi?»

«Non penso niente. Comunque conosco i legami delle famiglie potenti e ti assicuro che l'arte del dispetto viene usata quando ci sono di mezzo i soldi, non le corna», ragionò lei.

«E quindi?» la spronò Gianni.

«Continuerai ad avere i pazienti danarosi che saldano notule salatissime, per consentirti di curare gratuitamente quelli che non hanno soldi.»

«Carlotta, questo l'ho sempre fatto, anche se Luisa non era d'accordo. Mi ha tenuto stretto a lei ricattandomi. In verità, non ho mai dato un particolare valore ai suoi ricatti, che qualche volta ho usato come scusa, perché mi faceva comodo. L'ho fatto anche con te, pur di non ammettere che ti amavo. Riuscirai mai a perdonarmi?»

Un cameriere servì gli aperitivi e loro presero a sorseggiarli guardandosi negli occhi.

«Te l'ho già detto che sei bellissima?» sussurrò lui.

«Ti ho mai detto che anche tu hai un certo fascino?» replicò lei con un sorriso di complicità.

Gianni le prese una mano e se la portò alle labbra.

«Mi stai corteggiando?» gli domandò Carlotta.

«Come un signore dei tempi andati», affermò lui. Poi, con uno sguardo affettuoso, chiese: «Come stai?»

«Mi sento gratificata, dopo una giornata frustrante come quella di ieri con mia madre.»

«Ti va di parlarne?»

«Assolutamente no», rispose decisa.

«Allora ti parlo di me. Ho una domestica. Si è presentata stamattina, nonostante la giornata di festa. Si chiama Soledad ed è allegra come una giornata di sole. Ora è in casa a pulire l'appartamento, perché già domattina arrivano un po' di mobili.»

«Come l'hai trovata?»

«Ha fatto tutto il portiere del palazzo. Fino allo scorso mese, Soledad ha lavorato per una famiglia di condomini che si sono trasferiti in Belgio ed erano felici di averla in casa. Dunque, spero che funzioni anche con me», spiegò.

Carlotta lo ascoltava raccontare la sua nuova vita e si rendeva conto di trovarsi di fronte a un uomo che irradiava una gioia quasi infantile. Allora si domandò quale fosse il vero Gianni Corbetti. Lei si era lasciata catturare dal chirurgo famoso, disincantato, che aveva il garbo del gentiluomo. E se ne era innamorata. Il nuovo Gianni l'avrebbe catturata quanto il vecchio? Lo osservava, lo ascoltava e aveva l'impressione di avere di fronte un ragazzino desideroso di ottenere il suo consenso.

Un cameriere portò il menu. Optarono per un pranzo leggero.

Mentre sbocconcellavano un'insalata con il salmone, Carlotta osservò: «Gianni, mi rendo conto adesso che non conosco la tua storia».

«La mia vita non è molto interessante. Sono nato alla fine degli anni Sessanta in una famiglia operaia. Papà e mamma erano due tipi tosti. Lavoravano come muli, senza mai lamentarsi. Si accapigliavano per un niente e facevano pace dopo un istante. Ogni fine settimana andavano a ballare e la domenica veniva santificata con scorpacciate di allegria. Non si occupavano molto né di me né di mio fratello, che siamo cresciuti in fretta, imparando a badare a noi stessi. Ci siamo mantenuti all'università lavorando entrambi. Non avevo tempo per le ragazze, né per le feste. Poi ho conosciuto Luisa, che era di poco più grande di me, e mi sono lasciato catturare da lei. Il resto lo sai», raccontò.

«Ma non era questo che volevo sapere.»

«Ho studiato medicina e ho scelto la specializzazione in chirurgia dermatologica perché mia madre è morta divorata da un tumore della pelle. Quando ho sposato Luisa, ho cercato di adeguarmi al suo mondo senza riuscirci. Adesso vorrei fare le cose che mi piacciono e ho bisogno di pensare che avrò un futuro con te, se tu lo vorrai», concluse Gianni.

«Ecco, questo è il punto. Io non so ancora se lo voglio», ammise Carlotta con sincerità.

«Ti sembra una prospettiva troppo impegnativa?» le domandò.

«Appunto.»

«Ma io non ho fretta. Impareremo a conoscerci.»

«E se io ti deludessi? Se tu mi deludessi?»

«Tu non mi deluderai mai, perché io ti prendo così come sei.»

«Dimmi come sono», s'impuntò lei.

«Volitiva, caparbia, sincera fino alla crudeltà. Ma soccorrevole, generosa e complicata quanto basta per intrigare un uomo. Leale e onesta e, qualche volta, insopportabile. La tua pelle profuma di buono e quando sorridi, come diceva il poeta, m'illumino d'immenso.»

«Gianni, basta così. È la più bella dichiarazione d'amore che io abbia mai ricevuto», sussurrò Carlotta.

«Se avrai un futuro con me, prometto di corteggiarti ogni giorno, per il resto della mia vita», promise lui.

«Se avrai un futuro con me, prometto di tenerti sempre sulla corda, di non farti passare nessuno sbaglio, di ribellarmi a qualunque imposizione, di evitare i tuoi amici quando non mi piacciono, di non importi le mie amiche se non piacessero a te. Di trascorrere lunghi istanti a guardarti con adorazione, perché sei affascinante, e di desiderarti ogni volta che non sarai con me», disse Carlotta.

«E poi?» la spronò lui.

«E poi basta, anche perché la mia torta di mele con la crema calda si sta raffreddando», concluse Carlotta, sorridendo.

Quando lasciarono il ristorante, si avviarono a piedi lungo via Montenapoleone, la strada milanese che negli ultimi decenni aveva perso la sua antica anima più autentica per diventare la vetrina internazionale del lusso più sfrenato. Le saracinesche dei negozi erano chiuse, le luci di Natale illuminavano le vie semideserte.

Il bar-pasticceria *Marchesi* era aperto.

«Ce lo facciamo un caffè?», domandò Carlotta.

«Un altro?» chiese Gianni, poiché lo avevano già bevuto al ristorante.

«Decaffeinato, questa volta», rispose lei.

In piedi, davanti al bancone del bar, c'era Gloria con un uomo giovane, che aveva un'ombra di barba nerissima sul viso pallido e bello. L'amica vide Carlotta, che le rivolse uno sguardo contrariato. Si salutarono e Gloria le presentò il dottor Bruno Arconati.

«Vedo che non hai seguito il mio consiglio», le sibilò Carlotta all'orecchio, riferendosi a quando, il giorno prima, le aveva suggerito di evitare un nuovo incontro con il chirurgo.

«È vero, non ti ho ascoltato», sussurrò Gloria e soggiunse: «Poi ti racconto».

# 13

DOPO Capodanno, Andreina si preparò a lasciare Paraggi per andare a Milano e poi in Puglia a prelevare Adele, l'anziana donna che era stata a lungo la governante di sua madre, per portarla a casa sua.

Maria Sole, inaspettatamente, le annunciò: «Torno con te».

Le spiegò di avere appena ricevuto la notizia che sua madre era stata ricoverata in ospedale a seguito di una caduta rovinosa in cui si era rotta un braccio e la spalla.

«Si è fatta male perché non aveva altro modo per richiamarti a sé», ragionò Andreina.

«Ho pensato la stessa cosa. Ma è arrivato il momento di fare pace anche con lei», affermò l'amica. Poi, in un sussurro, le confidò: «Alberto mi ha detto che verrà da me quando sarò più serena».

«Affronta questo rapporto con molta calma, senza farti prendere dall'ossessione di costruirti una nuova vita», le suggerì Andreina.

Arrivate a Milano si separarono e Andreina, due giorni dopo, atterrò all'aeroporto di Brindisi. Lì noleggiò un'auto per raggiungere Porto Cesareo.

Dalla morte della madre, era la prima volta che tornava nella sua terra, nel paese dov'era nata, dove aveva subito l'umiliazione di essere la figlia di un padre sconosciuto.

La gente del luogo, ma soprattutto i suoi parenti, non erano stati benevoli con lei e neppure con Viviana, la sua mamma che, quando l'aveva partorita, aveva diciassette anni.

Eppure, tra tanti pregiudizi, c'era stata qualche anima buona e generosa che non aveva mai voltato le spalle né a lei né a sua madre.

Adele, per esempio, aveva accudito e amato Viviana, come se fosse una figlia.

Mentre si avvicinava alla meta, tornavano i ricordi della prima infanzia, quando lei e Viviana si stringevano l'una all'altra per sentirsi meno sole tra la gente che le guardava con malcelato disprezzo.

La sera, per accompagnarla dolcemente verso il sonno, la mamma le sussurrava storie fantastiche sul giovane svedese di cui si era innamorata durante una bella estate e, da questo grande amore, era nata lei.

Le raccontava che il ragazzo venuto dal Nord non era più tornato a Porto Cesareo, perché non aveva mai saputo di essere diventato padre, ma un giorno sarebbe arrivato, le avrebbe portate entrambe con sé e non si sarebbero lasciati mai più.

L'odore del mare invase l'abitacolo dell'auto dai finestrini aperti. Ormai, in quella piana del Salento che digrada verso lo Jonio, si profilavano i tetti del suo paese di pescatori e marinai, con le sue torri d'avvistamento, la cappella della Beata Vergine del Perpetuo Soccorso, la chiesa di Santa Maria, le masserie, la laguna costellata da tante piccole isole.

Fermò l'auto davanti al cancello d'ingresso del cimitero, scese dalla macchina e si inoltrò fra le tombe. Sostò davanti alla cappella che Viviana aveva fatto erigere per sé e per chi sarebbe venuto dopo di lei. Rimase in raccoglimento davanti alla tomba della sua mamma, poi la salutò deponendo un bacio sulla sua fotografia e uscì dal camposanto.

Raggiunse il resort a cinque stelle realizzato da Viviana e ceduto in seguito a una catena di alberghi di lusso. Dovette premere più volte il campanello di chiamata collocato sul bancone del ricevimento, prima che si presentasse qualcuno. L'impiegata addetta all'accoglienza si scusò per averla fatta aspettare.

«Siamo fuori stagione, abbiamo pochissimi ospiti, il personale è ridotto al minimo.»

La accompagnò nella sua suite e, rimasta sola, Andreina si abbandonò sul divano accogliente del salotto. Era stanca e assonnata. Fuori aveva iniziato a piovere. Avrebbe voluto spogliarsi e infilarsi a letto.

Lo fece dopo aver chiesto al servizio in camera di portarle un piatto di frutta, biscotti e tè caldo deteinato.

Poi telefonò a Adele.

«Sei arrivata, figlia bella?» le domandò la donna.

«Sono già a letto. Ormai è sera e voglio riposare. Ci vediamo domani mattina», le disse.

«Non vieni in paese?»

«Non ho voglia di incontrare i Romano», spiegò, alludendo ai suoi parenti.

«Ti capisco, ma non preoccuparti. I miei bagagli sono già pronti e io mi farò accompagnare al tuo albergo da mio nipote. A che ora vuoi partire domattina?»

«Vieni alle nove, così facciamo colazione insieme, prima di metterci in viaggio», propose Andreina.

«Sono contenta di stare con te, figlia bella», affermò Adele.

«Lo sono anch'io, perché so quanto fossi legata alla

mamma e con quanto affetto tu l'abbia accudita fino a quando è vissuta. A Milano ti troverai bene, te lo garantisco», replicò.

Adele non era mai stata in aereo e, di tanto in tanto, durante il volo, le domandava: «Ma siamo sicuri che non cada?»

Erano partite da Brindisi in una giornata di forti raffiche di vento che scuotevano il velivolo e la povera donna raccomandava la sua anima a tutti i santi del paradiso. Ma quando atterrarono a Linate, confessò: «Quasi quasi mi dispiace che il viaggio sia finito, perché cominciavo a divertirmi».

Andreina sorrise e si tranquillizzò: Adele era sempre la donna coraggiosa e spiritosa che l'aveva difesa contro tutti e non si curava dei pregiudizi della gente.

Quando Viviana era andata a lavorare a Milano, affidando Andreina, che aveva appena sei anni, alla famiglia del fratello Carmine, Adele la prelevava all'uscita della scuola per accompagnarla a casa. Le offriva una caramella e un sorriso e le diceva: «Un giorno la mamma tornerà da regina e quelli che l'hanno trattata male schiatteranno di rabbia».

Quella profezia si era avverata.

«Adesso vedrai l'appartamento in cui vivo, dove è vissuta la mia mamma e dove voglio che viva anche il mio bambino», le disse mentre, in auto, lasciavano l'aeroporto dirette in città.

La donna, che in tutta la sua vita era stata solamente un paio di volte a Lecce, si guardava intorno frastornata dal traffico caotico, dai grandi edifici che costellavano i viali, dal susseguirsi ininterrotto di negozi, bar, ristoranti.

Andreina intuì il suo smarrimento e la rassicurò: «Ti ci abituerai e, alla fine, ti troverai bene».

«Mi ci abituerò per amor tuo, figlia bella. E anche perché ho promesso alla tua mamma che mi sarei presa cura di te se avessi chiesto il mio aiuto.»

Quando arrivarono a casa, depositarono i bagagli nell'ingresso dell'appartamento. La domestica mostrò a Adele la sua camera e la lasciò sola affinché sistemasse le sue cose.

Più tardi Adele e Andreina si trovarono in salotto e si sedettero su un divano, l'una accanto all'altra, quindi Adele disse: «Raccontami del bambino che aspetti».

# 14

Andreina le parlò di Bill Foster, di come si erano conosciuti, dell'amore profondo che li legava e quanto entrambi soffrissero di non poter stare insieme.

Adele ascoltava, annuiva: «Come la tua mamma», sussurrò, alla fine del racconto.

«Con la differenza che la mamma aveva appena sedici anni, faceva una vita grama e ha trovato la gioia tra le braccia di un ragazzo sprovveduto quanto lei e di cui conosceva solamente il nome. Io, invece, ho trent'anni, ho già avuto alcuni fidanzati e non sono un'ingenua. All'inizio, avevo preso in considerazione l'idea di un aborto», le confessò.

«Ma non ti sei macchiata di un delitto tanto infame. Ringrazia la tua mamma che, da lassù, ti ha guidato per la via giusta. Grazie a lei, tu sei una donna agiata, rispettata e soprattutto vivi a Milano, dove nessuno si stupisce se una donna ha un figlio senza avere un marito.»

«Devo ringraziare anche te, cara Adele, che ti curerai del bambino e di me.»

«Figlia bella, proprio perché ti voglio bene, ti chiedo di riflettere se sia giusto nascondere la paternità a questo Bill che avrebbe il diritto di esserne informato. Devi pensare anche al tuo bambino. Che cosa gli dirai quando ti domanderà perché i suoi amichetti hanno un padre e lui non ce l'ha? Dici che vuoi rispettare la bella famiglia dell'americano e questo ti fa onore. Ma non credi di dover rispettare anche tuo figlio che avrà bisogno di conoscere suo padre?» disse Adele, con voce sommessa.

Andreina si spazientì, perché gli interrogativi che le poneva la donna erano quelli che la tormentavano da settimane.

«Sei venuta a Milano per aiutarmi o per complicarmi la vita?» reagì.

Adele le sorrise e replicò: «Non sei una stupida e so che la pensi come me, ma non hai ancora trovato una soluzione. Comunque, ricordati che tutti abbiamo bisogno di avere una famiglia, tuo figlio per primo. Ma per ora vivi serena la tua gravidanza, e i problemi, quando verranno, li risolverai nel migliore dei modi. E adesso lascia che io mi ambienti in questa reggia che è il tuo appartamento. Mi servirà qualche giorno per abituarmi».

Le diede un bacio sulla fronte e uscì dal salotto. Andreina rispose a una chiamata di Maria Sole.

«Sei tornata?»

«Da un paio d'ore. Adele si sta cambiando e io ti ringrazio ancora per i giorni belli di Paraggi. Dimmi di tua madre. Come sta?»

«Grazie a te, la nostra vacanza, lontana dall'influenza della mia famiglia, mi è stata di grande aiuto. Mi sento rinata e lo devo alla tua vicinanza.

«Quanto alla mamma, per fortuna ha solo la spalla lussata e il polso lievemente incrinato. Aveva esagerato perché voleva avermi vicina», spiegò l'amica e proseguì: «Ma questa volta ho posto dei limiti oltre i quali non può andare».

«Molto bene. Quanto al resto?» la sollecitò Andreina.

«Ti riferisci ad Alberto?»

«A chi altro, se no?»

«Mi chiama la sera, ogni sera, dopo cena. Mi parla un po' di sé, ma soprattutto vuole sapere come sto io. La sua attenzione è molto importante per me. Credo proprio di amarlo, perché Alberto mi piace e ho una gran voglia di rivederlo, ma non glielo dico, almeno per ora.»

«Mi sembri una damina del Settecento che si nasconde dietro il ventaglio», rise Andreina.

Rise anche Maria Sole. Poi disse: «Per il momento lascio in sospeso l'idea di aprire un asilo nido. Sono felice che il nuovo anno mi abbia portato Alberto, una novità inaspettata», e proseguì: «Scusami, il mio piccolo sta protestando, devo occuparmi di lui. A proposito, mi sono accordata con Mariano per il baby-sitteraggio: la sera, se voglio uscire, viene lui a occuparsi di Michele. Vedi come tutto si aggiusta quando si trova il coraggio di fare chiarezza?»

«Allora ci vediamo giovedì sera al ristorante con le amiche. Credo che ognuna di noi avrà tanto da raccontare», concluse Andreina.

# 15

La sera del primo giovedì di gennaio, dopo l'Epifania, la signora Pia Mantovani, proprietaria del ristorante di piazza Novelli, vide entrare nel suo locale le quattro giovani donne cui riservava da anni un trattamento particolare, ospitandole nella «saletta Ottocento».

Le chiamava «le amiche del giovedì» e in quella saletta, lontano da orecchie indiscrete, loro potevano cenare e parlare in totale libertà.

Le accolse festosa e, mentre le scortava, dichiarò: «Quando vi vedo, mi si allarga il cuore».

«Cara signora Pia, quando siamo insieme e godiamo della sua ospitalità, stiamo bene anche noi», rispose Carlotta.

Le consegnarono i cappotti e poi la donna illustrò il menu della sera.

«Per scaldare l'anima abbiamo dei passatelli in brodo. Ma c'è anche una vellutata di patate con scaglie di tartufo per solleticare i sensi. Abbiamo un branzino al forno che, come lo assaggi, ti spalanca la mente...»

Carlotta non la lasciò finire e disse: «Signora Pia, questa sera lasciamo che sia lei a scegliere per noi».

«Grazie per la fiducia. Tanto vi conosco e so che cosa vi piace. Per i vini, vi consiglierei un Cenerentola rosso di Montalcino oppure un Uvalino di Mariuccia Borio», concluse la donna prima di dileguarsi.

Mentre aspettavano che il cameriere le servisse, Gloria esordì: «Io sono incasinata. Carlotta lo sa».

«È a causa del tuo papà? Ci avevi detto che il professore era in via di guarigione», disse Andreina.

«Infatti, al Monzino lo hanno rimesso a nuovo, ma è per colpa sua se sono nei guai, perché, se non fosse finito in ospedale, io non avrei rivisto il dottor Bruno Arconati», confessò.

«Facci capire fino a che punto ti sei spinta con questo signore», la incalzò Carlotta.

«Volete sapere se ci sono andata a letto? La risposta è no. Se ci siamo baciati? Neppure. Il punto è che lui mi piace molto e anche se solo con il pensiero, io sto tradendo Sergio che, francamente, non lo merita», dichiarò.

Le altre annuirono.

«Che tipo è?» si incuriosì Andreina.

«Da sballo, ve lo garantisco, perché l'ho visto», rivelò Carlotta.

«Non c'entra il bello e il brutto. C'entra che, quando lo vedo, mi tremano le gambe e mi sento il cuore in gola.»

«Accidenti, che casino!» commentò Maria Sole, che pensò subito ad Alberto e al bisogno di averlo accanto, e soggiunse: «Capisco benissimo quello che vuoi dire».

Il cameriere entrò nella saletta per servirle e loro si zittirono. Quando furono di nuovo sole, ripresero a parlare.

«Vi rendete conto che io ho avuto un solo uomo nella mia vita? Sto con Sergio da quando avevo vent'anni. E stop, finita lì. Mentre voi...» disse Gloria.

Immediatamente Maria Sole sbottò: «E allora cosa dovrei dire io che ho scoperto soltanto adesso il piacere di essere baciata da un vero uomo?»

«Mi stai rimproverando?» si inalberò Gloria.

«In un certo senso... sì», intervenne Carlotta.

«Anche tu, Andreina, la pensi come loro?» domandò Gloria.

«Io non faccio testo perché, dopo Bill, non vorrò più avere un compagno», dichiarò convinta.

«Speravo di trovare un po' più di comprensione,

anche perché mi sento un verme quando penso al mio Sergio», confessò Gloria.

«E fai bene», martellò Carlotta. E proseguì: «A Natale, quando mi hai chiamato per raccontarmi quello che era successo, ti avevo caldamente suggerito di evitare altri incontri con il bel dottore. Invece, a Santo Stefano, ti ho beccata con lui da *Marchesi*. Allora mi sono detta che il tuo legame con Sergio è in pericolo. Che tu fossi in crisi con lui, si era già capito prima, quando volevi lasciarlo a causa del Bimby. Nella vita di coppia, una crisi ci sta. Credevo che l'avessi superata. Scusami, Gloria, se mi sto arrabbiando. Il fatto è che mi dispiace saperti in una situazione difficile. Nessuna di noi ti può aiutare. Devi guardare bene dentro te stessa e chiederti se vuoi davvero lasciare Sergio», ragionò Carlotta.

«Ma che non ti venga in mente di parlare con lui del dottor Arconati, se prima non sei sicura delle tue scelte», suggerì Andreina.

«Anche perché lo faresti soffrire inutilmente, se poi la cosa finisse in una bolla di sapone», intervenne Maria Sole.

«Ma, nel frattempo, che cosa devo fare?» supplicò Gloria.

«Mi hai stancata, amica mia. È chiaro che hai preso una sbandata e muori dalla voglia di andare a letto con il bel dottore. Allora, sai che ti dico? Vacci. Fai la prova del nove. Può darsi che lui si riveli una delusione. In quel caso ti sei liberata di ogni dubbio», consigliò Carlotta.

«Se lo facessi, con che faccia potrei tornare a casa, abbracciare Sergio e dormire con lui nel nostro letto? Non potrei mai farlo. Perché mi sono fatta convincere a vivere con lui? Se avessi ancora il mio appartamento, sarebbe diverso.»

Finirono mestamente il primo piatto e, al cameriere, chiesero un intervallo prima del secondo.

«Sarebbe troppo desiderare una vita più tranquilla?» sussurrò Andreina, alzandosi dal tavolo.

«Dove vai?» domandò Carlotta.

«A fare pipì. Fatevi spiegare da Maria Sole quello che succede alle donne in gravidanza», rispose lei, uscendo dalla saletta.

«La cosa buffa è che Andreina, che ha nel grembo un problema grande come una casa, è più serena di tutte quante noi messe insieme. C'è da dire che ha messo in moto un meccanismo protettivo per il suo bambino. Lei è serena, io un po' meno», spiegò Maria Sole.

«Be', con Mariano ti è caduto un masso sulla testa», osservò Carlotta.

«Quello, almeno mi sembra, lo sto superando. Però mi sono incasinata anch'io», rivelò.

Poiché le altre due la guardavano perplesse, proseguì: «Credo, anzi so, di essermi innamorata. Lui si chiama Alberto e ci siamo baciati».

«Sposato?» domandarono in coro le due.

«Scapolo impenitente.»

«Allora, qual è il problema?»

«Lui dice che non è il momento giusto per me, perché non sono abbastanza serena per affrontare un nuovo legame. Eppure so che gli piaccio come lui piace a me. Ci conosciamo da sempre, perché Alberto è il figlio dei guardiani di Villa Sans-souci e ci rivediamo ogni volta che torno a Paraggi», spiegò.

«Stai parlando ancora di Alberto?» domandò Andreina, rientrando nella saletta.

«E di chi, se no?» sbuffò Maria Sole.

Gloria, invece, era incuriosita da quella nuova storia e la spronò: «Racconta, per favore, perché mi consola sapere che anche tu hai preso una sbandata durante le feste».

E poiché l'amica taceva, Andreina rivelò: «La sera di Natale, mentre io dormivo, lei è scesa in riva al mare con Alberto e si sono baciati. Ma lui le ha detto che dovevano fermarsi lì, perché lei non è in un momento di lucidità, dopo il crollo del suo matrimonio. Però credo che l'ami davvero e ci scommetto che quest'anno la ragazzina farà scintille», garantì Andreina.

L'interessata arrossì esibendo un sorriso beato.

«Vi segnalo che la freccia di Cupido ha trafitto anche Gianni Corbetti», annunciò Maria Sole.

«Il bastardo?» domandò Gloria, rivolgendosi a Carlotta.

Questa annuì e spiegò: «Maria Sole lo sa già. Il bel chirurgo è innamorato perso di me e mi stringe d'assedio con una corte serrata».

«Ci sei ricascata?» domandò Gloria.

«Sono ancora sulla difensiva. Comunque, ha lasciato la moglie e la clinica, si è comperato una casa e ha aperto uno studio suo. Sulla porta della mia camera da letto ho messo un cartello con la scritta 'verboten' e ancora non so se la storia con lui avrà un lieto fine.»

«Adesso vogliamo sapere tutto», la sollecitò Andreina. E proseguì: «Però io ho fame per due e chiederei di farci portare il secondo».

Il cameriere servì i filetti di sogliola con una crema di ceci all'aroma di rosmarino.

«Non possiamo dire che queste vacanze di Natale siano state avare di sorprese», constatò Maria Sole.

«Soltanto per voi tre. Per me non è cambiato niente, perché continuo a pensare a Bill e soffro per la sua mancanza, come so che lui soffre per la mia. Carlotta è di nuovo alle prese con il suo chirurgo, Gloria ha un bel problema con Sergio, e Maria Sole ha un corteggiatore ma non può liberarsi in un mese dal fallimento del suo matrimonio», ricapitolò Andreina.

«Siamo appena all'inizio e già l'anno ci mette davanti tante novità», constatò Maria Sole.

«E non sappiamo come evolveranno», sospirò Gloria.

«Comunque vadano le cose, abbiamo due grandi certezze. La prima: siamo una famiglia e combattiamo tutte unite. La seconda: a maggio Andreina avrà un bambino e noi lo ameremo tantissimo», concluse Carlotta.

Finito di stampare presso Grafica Veneta S.p.A.
Via Malcanton, 2 – Trebaseleghe (PD)
Printed in Italy